Ce matin-là

DU MÊME AUTEUR

ROMANS

Une femme en contre-jour, Notabilia, 2019 ; J'ai lu, 2020.

Une longue impatience, Notabilia, 2018 ; J'ai lu, 2019.

L'ombre de nos nuits, Notabilia, 2016 ; J'ai lu, 2017.

Le dernier gardien d'Ellis Island, Notabilia, 2014 ; J'ai lu, 2016.

Noces de neige, Autrement, 2013 ; J'ai lu, 2014.

Nos vies désaccordées, Autrement, 2012 ; J'ai lu, 2013.

Les heures silencieuses, Autrement, 2011 ; J'ai lu, 2012.

RECUEILS DE POÉSIE

Et recoudre le soleil, Notabilia, 2022.

Carnets du Leonardo Express, Encres Vives, 2009.

Castillanes/.doc, Encres Vives, 2009.

Signes de passage, Hélices/Poésie terrestre, 2007.

L'empreinte et le cercle, Encres Vives, 2005.

GAËLLE JOSSE

Ce matin-là

ROMAN

J'AI LU

À ceux qui tombent

Nous ne devrions jamais avoir honte de nos larmes,
car c'est une pluie qui disperse la poussière
recouvrant nos cœurs endurcis.

Charles DICKENS,
Les Grandes Espérances

Tout est en désordre. Les cheveux.
Le lit. Les mots. La vie. Le cœur.

Jack KEROUAC

Ce 2 juillet 2006, au soir

The End s'affiche en noir et blanc sur l'écran de la télévision, en majuscules fixes et tremblotantes, pendant que la musique du générique enveloppe la pièce d'un envol symphonique, cordes, trompettes et cavalcade. Clara passe le dimanche soir chez ses parents, une habitude. Ils dînent, regardent un film, puis elle va. Ils aiment les classiques, les westerns parfois, les vrais, *Rio Bravo* et les jambes d'Angie Dickinson, *La Charge héroïque*, *La Prisonnière du désert*, *L'Homme qui tua Liberty Valance*. Comme dans une flamboyante, une rassurante pureté originelle, le Bien et le Mal, le Destin et la Justice s'affrontent sans masque sur fond de Monument Valley et de désert Mojave, dans les hennissements des chevaux et le sifflement des balles. On y boit du whisky dans des verres sales et du café amer dans des quarts en métal cabossé, accompagné par la mélancolie de l'harmonica autour du feu de camp. L'amour triomphe avec pudeur des flèches et des serpents à sonnettes ; le héros mutique au regard lourd et aux vêtements déchirés va noyer sa mélancolie au son d'un piano bastringue dans les dessous volantés d'une entraîneuse de saloon aux jambes fuselées, avant de reprendre la route de son errance sans fin sur les chemins poussiéreux de l'Ouest.

Il est tard, la chaleur s'attarde dans le jardin, on a laissé les portes-fenêtres ouvertes, les roses ont déjà offert une nouvelle floraison. La mère est debout, elle s'affaire, tourne, range, nettoie, brique, lustre. Le plateau de la table basse brille de nouveau, télécommande posée à angle droit sur les journaux de la semaine, coussins des fauteuils retapés, regonflés, vierges de la moindre trace de corps.

Clara s'apprête à se lever du canapé et à rassembler ses affaires. Son père s'est déjà retiré, une fatigue qui l'a pris d'un coup, il veut aller dormir maintenant. Bonne nuit, ma chérie, rentre bien, ne tarde pas. À dimanche prochain.

Un bruit. Lourd, sourd, mat. Un écroulement. Toutes deux elles ont sursauté, elles se sont regardées. D'un bond elles sont à la salle de bains. Il est à terre, nu, inconscient. Clara voit sa mère, bouche ouverte, yeux agrandis. Elle entend son cri. Elle se penche, tente de comprendre s'il s'agit d'un malaise, s'il s'est assommé en tombant, s'il respire, si. Aussitôt, l'appel au 18, expliquer, du mieux possible. Attendre les secours. Sa mère est incapable de faire un pas, de dire un mot. Soudée, vissée, figée sur place. Clara contourne le corps pour étendre sur lui sa robe de chambre. Le corps de son père. Celui qui ne doit pas être vu. Elle tente de détourner le regard du torse maigre à la peau fine et fripée, d'ignorer les bras flasques, le ventre gonflé, le sexe racorni lové au milieu des poils blancs, les cuisses marbrées du pourpre bleuté de vaisseaux capillaires éclatés. Elle ne l'a jamais vu ainsi. Elle prend sa main, lui demande s'il peut presser la sienne, comme elle l'a appris en secourisme. Rien. Un gémissement. Il vit. Les pompiers sont là, leur sirène les a précédés. Va ouvrir, maman. Mais non. Elle n'ira pas, elle ne peut pas. Clara enjambe son père et court à la porte. Oui, c'est ici, entrez. En quelques secondes, la civière est à la porte de la salle de bains. Le corps est embarqué, une couverture de survie métallisée, crissante, sanglée sur sa poitrine. Maman, je l'accompagne, tu peux me donner sa carte Vitale, un pyjama propre ? Maman, s'il te plaît. MAMAN ! Sa mère n'a pas bougé. Elle n'a pas cillé. Elle regarde sa fille comme une inconnue. Ses traits sont arrêtés dans une expression de surprise, d'horreur et d'incompréhension mêlées. Clara l'attrape par un bras, lui tend sa veste, ses chaussures. Viens. Je ne te laisse pas là. Viens maintenant. Dépêche-toi, on y va. Elle lui enfile son vêtement, lui fait lever un pied après l'autre, emboîte ses chaussures à l'extrémité des chevilles, passe la bride de son sac à main à son épaule, elle court à leur chambre chercher le portefeuille de son père, vérifie la présence des papiers indispensables.

Et puis les couloirs blancs, les blouses bleues, les blouses vertes, les visages dissimulés par le masque et la charlotte, les pas perdus et le mauvais café du distributeur. Sa mère est restée assise là où Clara l'a installée. La chaleur, sur un siège en plastique moulé blanc sale, soudé à plusieurs autres par une barre d'acier. Tant de monde. Tous âges. L'attente. Guetter un signe, repérer les infirmières, l'interne de service, rester prête à bondir pour savoir. Premières réponses. AVC foudroyant. On ne peut rien dire sur les possibles séquelles. Il faudra du temps, sûrement beaucoup de temps, mais pour l'heure le pronostic vital n'est plus engagé. On le garde en réanimation pour le moment. Non, pas de visites. On vous dira quand il sera transféré dans un autre service. L'interne est calme, courtois, on lit la fatigue dans ses yeux cernés d'ocre, sur son visage creusé par les ombres des néons. Clara déteste cette expression, cette histoire de pronostic vital, engagé ou non, vaguement technique et totalement abstraite, celle qu'on entend à longueur de temps aux informations, cette expression qui n'ose parler ni de la vie ni de la mort. Elle comprend que son père vivra. Plus ou moins. On lui laisse l'apercevoir à travers le box vitré, elle fait un geste de la main à la forme allongée sous un drap jaune pâle, raccordée aux tuyaux et aux moniteurs, elle est certaine qu'il l'a vue.

Ce soulagement, qu'il soit encore là, encore présent dans le cercle des vivants, même du bout des doigts, parce que les doigts on peut les serrer, les serrer fort et ne pas les lâcher, et aussitôt ces questions qu'elle essaie de tenir à distance, des images qu'elle tente de chasser, de vilains frelons. Le père de cet ami de lycée, l'année de terminale, rescapé d'une semblable attaque, la moitié du corps, du visage, inerte, la parole impossible, des graviers dans la bouche. Son regard insoutenable de désespoir. L'aveu de son fils, le soir des résultats du bac, entre shots de vodka et sono rugissante. Tu sais, pour lui, je crois qu'il aurait mieux valu que ça s'arrête. Il ne peut ni boire, ni manger, ni se laver seul, ni pisser, ni le reste. Tu imagines ? Non, elle préfère ne pas imaginer. Elle retourne dans la salle d'attente informer sa mère. Elle ne sait plus s'il faut se réjouir de la vie. Elle veut parier que oui. Sa mère n'a toujours pas bougé, le regard arrêté sur un point mystérieux, perdu dans des lointains connus d'elle seule. Sur le chemin du retour, dans la voiture, dans la nuit, Clara entend sa voix. Tu crois que c'est vraiment grave, pour ton père ?

L'impression que l'on vient de tirer avec brutalité un rideau opaque sur son avenir, qu'il lui reste à se débattre dans une pièce obscure et qu'il faut l'accepter, parce que c'est là que la vie la demande. Elle pense à son billet d'avion, à son départ prévu dans une semaine. À sa joie, à son impatience. À la fête de départ qu'elle vient de donner. À ce travail qui l'attend sur un autre continent, enseigner le français à l'étranger. À ce qui ne sera pas, maintenant. À ses vingt ans. À la vie. À Christophe, son frère, que sa mère vient d'appeler, et qui viendra plus tard, beaucoup plus tard. Je fais ce que je peux, maman. Je descendrai vous voir dès que possible. Et Clara qui pense que non, il ne fait pas ce qu'il peut. Ça la met en colère, mais ça ne l'étonne pas. Elle veut l'appeler à son tour, et elle se retient. À quoi bon ? Il a fait son choix. Une rage sourde, mauvaise, monte en elle et elle s'efforce de la contenir. Elle aussi, en un instant, entre deux feux rouges et deux ronds-points, elle vient de faire son choix.

Elle va rester. Rendre son billet d'avion. Expliquer son désistement brutal. Trouver du travail ou reprendre des études près de chez eux. Ravaler sa déception. Serrer les dents. La bombe à fragmentation a éclaté entre ses doigts, dans la douceur de ce soir de juillet parmi les roses, c'est ainsi.

Dans son ancienne chambre d'enfant où elle reste pour cette nuit, dans le lit étroit avec sa couverture en épais coton blanc qu'elle dispute aux peluches d'ours, de singes et de zèbres mêlées, elle ferme les yeux. En elle, désormais, il y a le cri de sa mère, le regard de sa mère, et ce corps nu, démuni, vulnérable, fragile comme celui d'un trop vieil enfant.

I

Nous n'irons plus au bois,
Les lauriers sont coupés.
La belle que voilà,
Ira les ramasser.

Douze ans plus tard, ce 8 octobre 2018

Ce matin-là, à sept heures trente, au jour montant, la voiture de Clara n'a pas démarré. Rien à faire. Rien. Rien de rien. Ni tourner et retourner la clé de contact, ni taper du plat de la main sur le volant, ni enfoncer l'accélérateur d'un pied rageur. Ni soupirer, excédée, en proférant injures et menaces à l'encontre de l'assemblage immobile de métal, d'aluminium, de chrome et de plastique. Une bête morte. Échouée. Inutile.

Elle va être en retard. Mentalement, elle fait défiler sa journée à venir, les rendez-vous, les réunions, les messages à envoyer, les appels à passer, les décisions à prendre. Ferme les yeux. Prend une longue inspiration. Ouvre les yeux. Elle est seule maintenant sur le parking de l'immeuble, posée sur sa case délimitée par des traits de peinture blanche à moitié effacés. Le jour s'est levé, il s'est faufilé en dévoilant les contours des oliviers en pot qui marquent l'entrée de la résidence, en révélant la haie de bambous qui semble suspendre son frémissement. Rien ne bouge.

La jeune femme s'agite dans l'habitacle, un poisson qui manquerait d'eau dans son aquarium. Elle descend, claque la portière, l'ouvre de nouveau, se rassied au volant, murmure une supplication, démarre, mais démarre s'il te plaît, tente encore de faire bouger la bête, de lui transmettre souffle, énergie, mouvement.

Il est huit heures passées, il fait grand jour. Fébrile, énervée, Clara sort son téléphone de son sac. Les bons réflexes, le cerveau en ordre de marche. Prévenir le bureau. Appeler le garage. Décommander les premiers rendez-vous. Annuler. Annuler. Appeler Thomas, aussi, il saura quoi faire, lui. Impossible. Sa main retombe. Un instant blanc, un instant vide. Elle ressort de la voiture, se retourne, s'arrête, indécise. Une danse muette.

Elle titube, regagne le hall de son immeuble, la démarche saccadée, mécanique, un pied devant l'autre, à grand-peine, avec son sac, son manteau, son écharpe, la sacoche de l'ordinateur. Elle remonte les quelques marches descendues en courant une demi-heure plus tôt. Appelle l'ascenseur. Qu'il arrive, vite, plus vite. Premier. Deuxième. Troisième gauche. Elle ouvre sa porte et pénètre dans le cocon qu'elle vient de quitter.

Odeur légère encore de sommeil, de gel douche et de pain grillé.

Le murmure d'un affaissement. Elle se laisse glisser le long de la porte d'entrée, le dos qui épouse le bois verni, jusqu'au sol, les clés de voiture sont tombées d'un côté, le sac à main, le manteau de l'autre, tout en vrac. Elle a perdu une chaussure, un escarpin noir, autoritaire et inutile, qui émerge au milieu de l'amoncellement. Elle replie les genoux contre son front, les bras en couronne, comme font les enfants, et tout son corps est secoué de sanglots, de spasmes, de hoquets, une série de mouvements, de bruits incohérents, saccadés, sur lesquels elle n'a aucune prise, comme si son corps vivait une vie autonome, hors contrôle, qu'il lui appartient seulement de subir. Cela dure un temps infini, un temps dont elle n'a aucune idée.

Lorsqu'elle reprend son souffle, c'est avec lenteur, c'est pour chercher dans son sac des mouchoirs en papier, et elle a froid, maintenant. Elle claque des dents dans son tailleur gris clair, dans son chemisier blanc. Elle tremble. Un épuisement qui lui vient, qui la plaque au sol. Puis elle se débarrasse de sa seconde chaussure et tente de se mettre debout, et cela aussi lui prend un temps infini. Le miroir de l'entrée, celui qui lui sert chaque matin à contrôler son reflet, lui renvoie son visage.

Ses yeux sont gonflés, barbouillés de noir, son rouge à lèvres a débordé, son regard cherche en vain la jeune femme déterminée qui aurait dû se trouver là, la combattante, les jambes fermes, les cuisses musclées sous la jupe crayon, le pied cambré et l'allure nette, déterminée, celle qui arpente les couloirs de l'agence à grands pas pressés, toujours affairée, efficace, projetée dans une tâche précise, dans le but qu'elle s'est assigné et qui mobilise toute son énergie, toute sa volonté.

Elle la cherche et ne trouve qu'un clown mal débarbouillé, le regard perdu, des larmes qui descendent en rayures brillantes sur les joues, le sillage d'un escargot sur une feuille. Elle est pieds nus et elle a filé son collant, la peau blanche, si blanche, apparaît sous les échelles de nylon noir, elle frissonne et peine à retrouver sa respiration, elle ne comprend pas ce qui lui arrive, elle ne comprend pas cette soudaine débâcle qui la jette à terre, cette force qui l'immobilise en rendant toute lutte inutile. Elle voudrait parler à Thomas, lui dire ce qui se passe, ce qu'elle ne comprend pas, mais c'est au-dessus de ses forces. Au bord du jour, une certitude, une seule, gagne du terrain et s'accroche : aujourd'hui, elle n'ira pas travailler.

Ce matin-là.

À l'appel de son nom, elle se lève, quitte la salle d'attente, avec les enfants fiévreux que leurs mères tentent d'occuper avec un jeu sur leur téléphone, avec ce jeune couple, main dans la main, qui parle à voix basse, avec la dame âgée qui tient son enveloppe de radios bien à plat sur ses genoux. Elle laisse la moquette bleu foncé, avec ses affiches de golfeurs en plein élan, savante torsion du buste et bras levés, avec ses photos des Antilles, avec la table basse avec ses magazines cornés et défraîchis, les nouvelles d'il y a un siècle, les actrices, les princesses, mariées et démariées dix fois depuis, avec le présentoir débordant de dépliants d'information et d'incitation aux dépistages les plus variés. Une musique relaxante, ou voulue telle, harpe et bruit d'océan, *Lettre à Élise* et *Marche turque*, réglée à très faible volume, installe en boucle une toile de fond sonore.

Elle entre dans le cabinet et le docteur Cardoso, Éric Cardoso, ancien interne des hôpitaux, comme le précisent ses en-têtes d'ordonnance, referme la porte sur elle. Le docteur Cardoso et sa voix douce, si basse qu'il faut tendre l'oreille pour l'entendre, ses lunettes sans monture, aux branches fixées sur les verres épais, et ses chemises bleu ciel. Tenue d'invisibilité de gentil fantôme, flottant entre son bureau et sa table d'examen. Clara l'avait surnommé l'homme des neiges, elle s'attendait chaque fois à le voir disparaître dans le blanc du mur, s'y incruster et s'y fondre, dans une absence génétiquement programmée. Mais non, il est là, il consulte son ordinateur, j'ai les résultats de vos bilans précédents, tout allait bien, Mademoiselle Legendre. Qu'est-ce qui vous amène aujourd'hui ?

Trop tard pour s'enfuir, il va falloir parler, elle panique, elle ne sait pas par quoi commencer. Que s'est-il passé d'ailleurs ? Elle dit son absence hier au bureau, elle vient mendier le certificat d'absence, l'arrêt de travail qu'il lui faut produire. Il faut expliquer, un peu. Et tout lâche. Le barrage qui rompt, une fois encore. Digues submergées, elle s'accroche aux quelques mots qui flottent sur l'eau, un radeau pour ne pas sombrer. En face, il écoute, prend des notes, entoure quelque chose de plusieurs cercles, en souligne un autre, laisse le flot se tarir. Il retient quelques mots de ce torrent, comme de petites embarcations prises dans les rapides, des mots comme trop, pas assez, résultats, chiffres, objectifs, intenables, pression, tensions, menaces, angoisse, méfiance, angoisse, dimanche soir, plus faim, sommeil impossible, séries télé, oublier. Il pose ses lunettes, la fixe de ses yeux pâles sans cils, se penche vers elle et lui demande depuis quand ?

Elle raconte, dit qu'elle ne peut plus. Que c'est la première fois qu'elle s'écroule comme ça. Avant, elle aimait bien ce qu'elle faisait. Plus maintenant, de l'abattage, les primes qui sautent au moindre prétexte, la défiance, la concurrence entre collègues, et puis, tenez, ces rendez-vous absurdes, le 2 janvier à huit heures trente, et pareil le jour de mon retour de vacances. Et les deux fois, la boss qui arrive à neuf heures, grand sourire, rouge à lèvres, en disant qu'elle avait oublié, que ce n'était pas si urgent, finalement. Pour un peu, elle aurait apporté les croissants. J'avais écourté mes vacances pour préparer mon bilan. Rien pu avaler la dernière semaine.

Pour hier, elle ne comprend pas. Rien de particulier, seulement cette voiture qui ne voulait rien savoir. Elle doit passer au garage ce soir, elle appréhende ça, aussi, le montant au bas de la facture.

Le fleuve des larmes menace de reprendre son cours, elle essaie de sourire, baisse la tête. Elle se sent comme une enfant, comme toujours quand elle franchit cette porte, à tenter de comprendre les explications simplifiées sans avoir l'air idiote, à acquiescer, à déballer ses faiblesses,

ses angoisses, ses hontes, à déballer son corps, à l'extraire des vêtements et à l'exposer dans une nudité ingrate, dans cette vulnérabilité de tortue renversée. Le pouls, la tension, le poids, il vérifie, il questionne, traitements en cours, allergies, antécédents familiaux, Clara répond comme elle peut. Ce qu'elle sait, ce dont elle se souvient. Elle n'ose pas lui dire qu'il doit déjà avoir tout ça dans ses fiches, depuis le temps.

L'imprimante expulse plusieurs pages, il les commente en les lui tendant une par une. L'arrêt de travail, deux semaines pour commencer, dans votre cas ce n'est pas du luxe, ils se passeront de vous au bureau, c'est ça l'urgence, on se revoit ensuite. Des comprimés pour tenir, pour dormir, pour se calmer, se détendre, en attendant. Elle ne sait pas en attendant quoi, mais elle n'ose pas demander. Elle ferme les yeux.

Elle se voit ingurgiter du sécable, du dispersible, du soluble, du buvable, du croquable, de l'avalable, quantité de molécules qui vont murmurer à son cerveau que tout va bien. Elle n'est pas certaine d'avoir souhaité cette réponse-là, mais il faut bien calmer ces palpitations, ces insomnies, cette pince qui broie l'estomac, cette gorge nouée, et tout ce qu'elle n'a pas voulu voir, pas voulu entendre depuis des semaines, depuis des mois.

Elle aimerait dire qu'elle ne veut pas de tous ces comprimés, de ces gélules, de ces cachets, de toute cette chimie anesthésiante qui va ralentir son corps et son cerveau, mais elle n'est pas en état de protester. Un bilan sanguin, le précédent commence à dater. Enfin pas d'urgence, ne vous bousculez pas. Marchez, sortez, mangez des fruits frais, des vitamines, ne restez pas isolée, et puis encore quelques conseils comme ça, du bon sens qu'elle n'entend pas, elle acquiesce, comme une enfant encore, elle n'a pas grandi depuis le début de la consultation.

Elle remercie, récupère les ordonnances, son porte-cartes, entasse le tout dans son sac, et ça déborde, déjà il a ouvert la porte. Son manteau glisse à terre, le docteur Cardoso le lui tend avec un sourire. Prenez votre temps. Elle se dit que ce sourire, elle aurait préféré le voir en arrivant. Elle remercie encore, active le bouton du double sas d'entrée de l'immeuble, ne sait plus s'il faut tirer ou pousser, elle se trompe, et déjà la voilà dans la rue, étourdie par le bruit de la circulation.

Ils avaient dit du vert et du jaune. Tous ensemble, et tous en couleurs pour la convention régionale. Les salariés avaient reçu un mail du service de la communication qui vivait là ses très riches heures, avec une pièce jointe pour détailler le programme, le lieu du rendez-vous, l'accès et les covoiturages proposés. La page était saturée de points d'exclamation, agrémentée de petits dessins festifs, coupes de champagne, gâteaux, smileys hilares. Et puis, tout en bas de la page, le rappel du *dress code* : décontracté et coloré, vert et jaune, rappel du logo de la société. Quelques mots encore sur la *fierté d'appartenir*, et, tout en bas, souligné de deux traits : présence obligatoire.

Au-dessus des ordinateurs, ça avait été un mélange d'effervescence et de réserve. Pas dupes, non, amusés, à peine, mais une journée sans ordinateur, à la campagne, champagne offert, après tout, autant voir les choses du bon côté... Je passe te prendre ? Hâte de voir le DG en jaune poussin ! Et lui, tu l'imagines déguisé en perroquet ?

C'était le mois dernier, celui d'avant la chute. Clara avait soupiré. Fugitivement, elle avait envisagé une cheville foulée, une entorse, impossible de poser le pied par terre ou quelque chose de ce genre, de vraiment empêchant, bien visible et socialement acceptable. Elle s'était souvenue combien elle avait toujours eu horreur des déguisements, en chat, en fleur ou en écureuil, pour les fêtes d'école, les spectacles de théâtre et de danse de fin d'année. La dernière sur scène et la première dans les coulisses. Pas envie de revivre ça. Et elle n'avait rien de jaune ni de vert dans ses placards, couleurs absentes de sa palette. Jamais eu envie de ressembler au drapeau brésilien. Et le jaune, elle trouve que ça ne lui va pas au teint.

Il avait fallu s'exécuter, ne pas faire preuve de *mauvais esprit* de meneuse rebelle. Se montrer *positive* et *corporate*, faire apprécier son *potentiel*. Mais, depuis un moment, elle n'a plus envie. Une lassitude, sans se l'avouer. Un ressort détendu. Ça va passer. Un blues automnal, les jours qui décroissent, les vacances déjà loin, pas grand-chose.

En arrivant sur les lieux, un hôtel impersonnel, cimenté et cubique, spécialisé dans l'*accueil des groupes et séminaires*, dans un *écrin de verdure*, comme le précisait son site Internet pour qualifier le morceau de pelouse et les quelques arbres dressés à l'arrière du bâtiment, elle avait eu un instant d'arrêt. Comme une vision. Et puis non, elle avait réalisé que ce n'était pas une vision. Des êtres jaune et vert surgissaient de toutes les voitures et pressaient le pas vers le bâtiment. Clara avait renoué son foulard jaune trouvé sur un marché pour quelques euros, en se promettant de le transformer en chiffon de ménage à la fin de la journée. Un sweat-shirt kaki, tout détendu, c'est tout ce qu'elle possédait de vert. Un jean, kaki aussi, et ça irait bien comme ça.

Café d'accueil en thermos, batterie de tasses en faïence blanche, touillettes en plastique et sachets de sucre en poudre, corbeilles débordant de viennoiseries et de chouquettes, le mot de bienvenue du directeur régional, ventre tendu sous un polo jaune vif assez disgracieux, et l'inévitable succession de PowerPoints sur les objectifs, les résultats, la performance et le fameux *ADN* du groupe. Puis un type inconnu de tous avait pris la parole, un invité de marque avait-il été précisé, intervenant rémunéré pour la circonstance, coach d'entreprise, consultant en performance commerciale, en motivation, et préparateur mental. Il parlait fort, avec de grands gestes de télévangéliste, avec des mots qu'il répétait tout le temps en désignant du doigt l'un ou l'autre dans la salle, mi-gêné, mi-ravi de se voir ainsi, l'espace de quelques secondes, sorti du rang. *Vous êtes des samouraïs, des guerriers*, martelait-il en boucle devant un auditoire silencieux qui n'attendait que le buffet promis à treize heures.

Clara regardait autour d'elle le chaos des couleurs, jusqu'au vertige. Des jupes jaune citron à volants, rescapées des valises de vacances, des robes vert pomme, des chemises moutarde, des pantalons vert sapin, du bouton d'or, du pissenlit, du safran, du jaune d'œuf, dans une étourdissante profusion de nuances mal accordées. Elle avait failli sortir, prendre l'air, laisser les apprentis samouraïs ensemble pour aller boire un verre d'eau aux toilettes, mais elle avait renoncé, trop de monde à déranger pour quitter sa travée, elle était coincée.

Le télévangéliste, à l'acmé de son rôle, micro soudé au poing, croissait en volume sonore, avec un trop grand sourire dégainé toutes les deux phrases. Les minutes passaient comme des heures, immobiles, de ces heures de salle d'attente, de salle d'embarquement, de transports en commun, de ces heures contraintes où il faut se livrer à des efforts surhumains pour s'en extraire en pensée.

Lors du déjeuner, le consultant-coach s'était approché du buffet où elle se tenait, assiette dans une main et verre de rosé dans l'autre, et elle avait trouvé sa chemise vert anis vraiment vilaine, avec des auréoles sous les bras qui se dévoilaient au moindre geste. Il semblait décidé à engager la conversation, toujours avec ce sourire trop large, trop ouvertement sympathique, sans raison. Il lui dit, d'un ton de confidence, qu'il l'avait remarquée dans l'assistance, elle avait l'air captivée par ses propos, il était prêt à répondre à toutes ses questions, jusqu'aux plus indiscrètes, avait-il ajouté en baissant la voix et en la regardant dans les yeux. Elle avait reculé d'un pas et répondu en hâte une politesse, une phrase convenue sur la réussite de l'événement, et elle s'était éclipsée, abandonnant son verre de rosé et son assiette de canapés au saumon fumé surmontés d'un brin d'aneth, feignant d'être attendue auprès d'un groupe. D'un mouvement rapide, d'un pas pressé, elle avait fendu l'étendue vert et jaune tout autour d'elle, comme un pré fleuri et vénéneux. Elle s'était dit que la journée allait être longue.

Il y a encore peu, lorsqu'on lui demandait ce qu'elle faisait dans la vie, Clara répondait en souriant je vends de l'argent. Marchande d'argent, disait-elle, et elle éclatait de rire parfois, de son si beau rire, de ceux à qui l'on pardonne tout, devant la mine perplexe, ou étonnée, ou pleine d'incompréhension de son interlocuteur. C'est simple pourtant, disait-elle, tu as besoin d'argent, je t'en vends. Ça arrange tout le monde, c'est même l'un des plus vieux métiers du monde. Tu achètes ce qui te fait envie, et ma boîte s'enrichit. Et plus elle s'enrichit, plus je gagne aussi. Tu vois, c'est simple.

Elle a répondu ça pendant longtemps, puis moins souvent, et plus du tout ces derniers temps. Une fissure, une rayure sur la porcelaine. Le sourire est encore là, il étincelle sur sa bouche maquillée joli, mais dans les yeux, quelque chose dit qu'elle n'y croit plus. Un point qui regarde ailleurs, et le sourire qui tente une sortie, un baroud d'honneur, mais non, vraiment, dans les yeux on voit que c'est fini. Son travail, dont elle était si fière, avec ses cartes de visite personnelles marquées du logo de la société, avec le cavalier plastifié posé sur son bureau, *Clara Legendre, chargée de clientèle*, pèse maintenant d'un poids de plomb sur ses épaules.

Et puis ce rendez-vous, la semaine avant la chute, celui qui déclenche l'embrasement, la mise à feu d'un paquet de doutes, d'idées sombres amoncelées, de celles que l'on repousse chaque matin au réveil et que l'on enferme à double tour en partant. Ce couple-là, cent quarante ans à eux deux, deux vies de travail et d'enfants élevés, de ceux dont on ne trouve rien à dire, qu'on ne remarque pas, ni grandes manières, ni beaux habits, ni belle voiture, les mains usées, l'alliance incrustée dans la chair, deux petits brillants démodés aux oreilles pour elle, lui qui cherche ses lunettes ; parkas et chaussures confortables, faits pour marcher en forêt le dimanche et sortir le chien, pour aller chercher les petits-enfants à la piscine ou à la danse, rien d'autre à en dire. Ils étaient venus finaliser leur demande de crédit. Pas grand-chose, deux mille euros, crédit à la consommation, faire réparer la voiture ou changer le lave-vaisselle, faire face à un imprévu. Rien à en dire non plus. Petits revenus, pas de dettes, pas d'engagements, bonne santé pour leur âge, échéancier réaliste, bonne assurance. Un effort pour eux, mais aucune raison de leur dire non. Clara les avait reçus pour la seconde fois. Politesses. Signatures. Politesses.

La dame semblait heureuse, soulagée, lorsqu'elle s'était levée du fauteuil visiteur en tissu vert étincelant, accoudoirs chromés. Elle avait fermé sa parka, serré son écharpe, mis les papiers dans son sac, lui ne disait rien. Bavarde, la dame, d'un coup. Vous comprenez, là, on va pouvoir les gâter pour Noël, nos petits-enfants ! C'est qu'on en a cinq ! De la fierté dans sa voix, un vrai grand sourire et toutes les petites rides autour des yeux qui se resserrent autour du regard qui brille. Elle avait poursuivi. Parce que les autres grands-parents, eux, c'est... elle ne trouvait pas le mot, alors de ses mains elle avait dessiné une montagne, de ses deux bras levés du plus haut qu'elle pouvait, qui s'élargissaient en redescendant. C'est... comme ça. Nous, on ne peut pas suivre. Alors les petits-enfants, forcément, ils préfèrent aller chez eux, et nous on ne les voit pas beaucoup. Et notre fils, il n'a pas vraiment son mot à dire.

Lui s'était caché derrière elle, il avait rajusté sa casquette et avait tenté de la prendre par le bras. Allez, viens, on va laisser madame travailler, on y va. Allez, on y va. Elle, continue, radieuse. Oui, on va les gâter, ça c'est sûr.

Clara les raccompagne vers la sortie. Elle ne sait pas quoi dire. Elle ne sourit plus. Et puis c'est plus fort qu'elle. Vous savez, n'oubliez pas que vous avez un délai de rétractation de quatorze jours à partir d'aujourd'hui. C'est votre droit. Ça vous laisse un peu de temps. Réfléchissez quand même. En passant, la responsable de l'agence tourne la tête, une jeune femme, jolie veste bleu marine cintrée et chemisier azur, queue-de-cheval tirée sur les tempes, elle s'arrête une seconde de trop et la fixe, une seconde de trop aussi. Les portes automatiques se sont ouvertes sur la rue, le bruit des voitures envahit les bureaux, une ambulance fonce en faisant hurler ses trois notes. Clara leur serre la main. Sourire forcé. Au revoir, bonne journée. Lorsqu'elle retourne à son box, la responsable l'interpelle. Clara, à quoi jouez-vous ? Qu'est-ce qui vous prend ? On en parle demain, à huit heures trente dans mon bureau. Merci.

En s'asseyant, Clara sent ses jambes trembler, ses mains trembler. Elle note la convocation sur un post-it orange fluo et le colle au bas de son écran d'ordinateur, mais c'est inutile, ce rendez-vous-là, elle ne l'oubliera pas.

Au cours de ces semaines vides, de ces semaines blanches, semaines de rien, de fatigue, de mauvais sommeil, d'épuisement, de ces semaines où prendre une douche et préparer un café peuvent prendre la matinée, Thomas l'appelle. Souvent. Il vient après son travail, reste pour la soirée, attentif, soucieux, dévoué, comme si leur histoire allait se jouer d'une mauvaise passe, d'un incident de parcours. Il propose du restaurant, entre amoureux, entre amis, comme elle veut, du cinéma, des balades, il s'étonne de ne rencontrer qu'un regard las, que les replis d'un silence infranchissable, il ne comprend pas le même pull porté une semaine entière et les ongles rongés, le vernis écaillé. Il veut bien faire un effort, mais secoue-toi un peu, ça ne te ressemble pas, allez viens, change-toi les idées, tu ne vas pas rester toute la journée dans ton lit même pas fait, change tes draps, aère ta chambre.

Puis il s'agace, il ne comprend pas le silence de Clara, son immobilité d'iguane dans son appartement, il s'énerve, je n'ai pas l'intention de faire ma vie avec une fille en jogging vautrée dans son canapé, reprends-toi, fais un effort. Clara ! Merde ! Aussitôt, il regrette ces mots qu'il ne pense pas, jamais, pas un instant, ces mots qui ne reflètent que son impuissance et son désarroi. Il se sent monstrueux et regrette ces vilains crapauds, ces serpents sortis de sa bouche, il voudrait les rattraper mais c'est trop tard, ils sont là entre eux deux et impossible de les faire disparaître. Clara ne trouve pas comment lui dire qu'il n'y a rien à secouer, à reprendre, à raisonner. Alors ce sont des larmes, des larmes sans fin, une mousson, un déluge, des larmes qu'elle ne sait pas arrêter, qui lui rougissent les yeux, les joues. Thomas lui demande si elle prend bien son traitement, parce que ce n'est pas normal, de pleurer autant.

Il appelle moins, propose moins, son travail le retient de plus en plus tard, et un jour ça lui échappe. Tu sais, pour nous, je ne sais plus. Je ne comprends plus. Il ne sait plus sa place avec elle. Il a peur des larmes de femme. Il ne sait pas quoi en faire. Rien à voir avec la larme furtive, gracieuse, touchante, celle qui hésite au bord des cils, celle qui fait briller les yeux. Celle qui donne envie de protéger Clara, de la consoler, d'attendre l'apparition d'un sourire, d'essuyer cette larme d'un doigt léger, ou de la cueillir de la pointe de la langue. Mais il ne s'agit pas de ça maintenant, alors il ne sait pas faire.

Il tente, puis il se lasse. Il découvre un continent inconnu, des recoins, des angles morts, des grottes, des effondrements, et il ne veut pas entrer là. Il vit du côté du limpide, de la clarté, surtout pas du côté des ombres. Clara le déroute et l'effraie. Il se sent impuissant. Il a peur que ce soit sans fin. Alors il lui dit, au téléphone, ces mots qui ne trompent personne, prendre un peu de distance, réfléchir, y voir plus clair, se donner du temps, tous ces mots usés qui congédient l'autre en faisant mine de l'épargner. Il veut se sauver, retourner à sa vie, à ses envies. Il ne reconnaît plus celle qui l'a séduit, celle du peau à peau partagé, des détours du désir et des secrets chuchotés.

Celle qu'il a regardée dormir, les premières nuits, avec ses jambes, ses bras si blancs étendus au milieu du lit, avec ses cheveux sombres et ses grains de beauté au bas du dos. Il ne reconnaît pas celle d'aujourd'hui, une inconnue qui aurait pris sa place par un mauvais sortilège. Elle est devenue une île hérissée de rochers, on n'y aborde pas sans dommage.

Il a essayé, c'est ce qu'il se dit pour ne pas passer pour un lâche à ses propres yeux, un égoïste, un abandonnant, un jouisseur sans cœur et sans âme. Il lui a apporté des fruits, des oranges, des kiwis, des pamplemousses, le plein de vitamines a-t-il dit, et la fois d'après, tout avait pourri dans la coupe en vannerie posée sur la table. C'est peut-être là, en jetant les fruits tavelés, dévorés de moisissure, qu'il a réalisé. L'île de Clara, l'île où elle vivait en ce moment était sans accès, et la traversée impossible sans prendre le risque de chavirer lui-même. Et ça l'a énervé, ce gâchis, ces fruits qu'elle n'avait pas touchés, pas regardés, comme elle le regardait à peine, lui, et elle ne les avait même pas jetés, ils bleuissaient là, jour après jour, devant elle immobile, indifférente, murée.

Tu sais, pour nous, je ne sais plus.

Inquiète de ne pas avoir de nouvelles depuis plus d'une semaine, inquiète des SMS et des messages vocaux restés sans réponse, sa mère a fini par la joindre. J'ai appelé ton bureau, on m'a dit que tu es malade. Mais pourquoi tu ne m'as rien dit ? J'avais l'air de quoi, moi, de ne même pas être au courant ? Je suis ta mère, quand même ! C'est un monsieur qui a répondu sur ta ligne directe. Très aimable.

Clara élude, minimise, avance une demi-vérité, un quart de mensonge, assure que tout va bien, enfin que tout va aller mieux. Quand même, ça va faire un mois ! On ne s'arrête pas comme ça pour rien ! Qu'est-ce que tu as ? Qu'est-ce qu'il a dit le docteur Cardoso ? Tu travailles trop, je te l'ai dit cent fois, et ton père est de mon avis, mais tu ne veux rien entendre. Et si tu venais à la maison ? Ça te ferait du bien, et on serait contents de te voir. Clara écoute la litanie des arguments.

Quelque chose en elle se déchire, ce regret, cette certitude que dire oui serait un désastre, malgré cette envie, aussi, en entendant cette voix inquiète, de ne plus s'occuper de rien, de s'en remettre à des mains aimantes. Mais il faudrait parler, écouter, répondre, acquiescer, approuver, relancer. Avouer. Pas envie de mentir. Pas envie non plus de les charger de cet épuisement, de ces angoisses dont ils ne peuvent rien faire, sinon les prendre sur eux et les faire tourner comme des balles de jonglage, sans solution. Thomas, qu'elle a eu la mauvaise idée de présenter quelques mois plus tôt. Il avait pourtant l'air bien, ce garçon, qu'est-ce qu'il s'est passé ? Il a dû se lasser, avec ta fichue indépendance, ton caractère, tu leur fais peur, si ça se trouve, aux hommes. Et au travail, ça ne va pas te poser de problèmes, une si longue absence ?

Si, bien sûr, ça va poser problème, le médecin a renouvelé l'arrêt, je ne vous trouve pas brillante, mademoiselle Legendre, je ne vous laisse pas reprendre. Ça serait bien d'aller *voir quelqu'un*, de parler un peu, de poser votre sac quelque part, a-t-il ajouté, et il lui a noté quelques numéros de téléphone sur une feuille blanche en ajoutant que le burn-out, vous savez, c'est sérieux, ça peut durer longtemps, avant qu'on s'en relève.

Elle était trop lasse pour lui répondre qu'elle ne le prend pas à la légère, ni ça ni rien d'autre, que c'est peut-être son problème, d'ailleurs.

Elle a tendu le bras pour prendre la feuille avec les noms et les numéros, elle l'a pliée en quatre et rangée avec l'ordonnance et la prolongation de l'arrêt de travail. Pour le moment, ce qu'elle voudrait, c'est pouvoir respirer sans blocage à mi-parcours, le fil de fer barbelé sous les côtes, c'est pouvoir sortir sans que cela devienne une expérience extrême, c'est arriver à se faire un café sans que la matinée s'écoule avant de pouvoir introduire une capsule dans sa cafetière rouge chromée.

Elle passe du temps devant des séries dont elle avale les épisodes les uns derrière les autres, des histoires de FBI, de CIA, d'unités spéciales et de traders, sans se souvenir, l'instant d'après, de quoi il est question. Parfois elle s'endort sur son canapé, se réveille quand elle a froid, un frisson qui s'attarde sur tout le corps, elle attrape le plaid à portée de main et se rendort, entre deux réveils en sursaut, le tee-shirt trempé de sueur, en se demandant où elle se trouve, en attrapant son téléphone pour vérifier que toute vie sur terre ne s'est pas arrêtée. Elle rêve d'oubli, d'oubli, seulement d'oubli. Creuser un terrier pour s'y réfugier, que les bruits du monde n'y parviennent pas, surtout pas, et qu'elle n'ait pas à parler, parce que chaque mot prononcé lui demande un effort impossible, c'est soulever des poids, des rochers, des montagnes et c'est bien trop lourd pour elle. Elle a tenté de lire, il y a les livres qu'une amie lui offre ou lui prête de temps à autre, ils sont là, sur la table basse, avec tous les mondes qu'ils recèlent, toutes les histoires qui y vibrent, toutes les vies qui s'y bousculent, elle voudrait, mais elle n'y arrive pas, son regard bute sur les pages et les lignes se mêlent, s'emmêlent, dansent entre elles et se brouillent. Plus tard. Oui, plus tard.

Je viendrai pour Noël, maman, mais là je ne peux pas. Mais ça va, ne vous inquiétez pas. S'il te plaît, n'en parle pas à Christophe ni à sa femme. Promis, j'appelle. Et papa, comment ça va ? Embrasse-le fort pour moi. Clara repose le téléphone, honteuse. Honteuse de ses mensonges, de ses esquives, de ses pauvres pirouettes.

Honteuse, et soulagée.

Thomas lui a demandé s'il pouvait passer et elle a dit oui. Un rapide échange de SMS, quelques mots encagés dans leurs bulles arrondies. Ne te tracasse pas, je m'occupe de tout. Il sonne et elle le voit sur le seuil, avec son blouson en jean fourré et son bonnet bleu marine, les bras chargés de sacs en papier kraft. Il se dirige vers la cuisine et commence à déballer. Il y a du vin, du curry de lentilles, du poulet tandoori. Il a acheté des avocats et une mangue qu'il commence à préparer en prélevant les côtés charnus, qu'il quadrille avec soin à l'aide d'un couteau pointu puis qu'il retourne d'un coup en faisant saillir les carrés de chair brillante à l'extérieur. J'ai pensé que ça te ferait plaisir, tu aimes bien ça d'habitude.

Appuyée contre l'évier, Clara le regarde transvaser les barquettes en plastique transparent dans des bols en porcelaine blanche et les glisser dans le micro-ondes. Elle note ses gestes précis, nets, rapides, comme à son habitude. Alors qu'il ouvre la bouteille de vin, elle dispose sur la table les assiettes, les serviettes en papier et un bougeoir. Il fait tourner son verre entre ses mains, et un long silence succède à l'agitation des préparatifs. Je suis désolé pour ce que je t'ai dit. Je voudrais savoir ce que je peux faire.

Clara regarde la bougie allumée qui tremblote, les couleurs des plats disposés en arc devant elle, vert, jaune, orangé, elle voudrait lui dire qu'elle est heureuse de le voir, de voir son monde reconstitué, mais les mots ne viennent pas. Thomas lui prépare une assiette et la lui tend, elle se force à goûter. Entre sa fourchette et sa bouche, il lui semble qu'il y a une distance infinie à parcourir, un voyage aérien qui n'arrivera jamais à destination. Elle avale quelques bouchées, repose son assiette.

Thomas insiste, tu ne manges rien ! Il voudrait la voir comme avant, joyeuse et gourmande, et non transie, recroquevillée dans un angle du canapé. Il l'attire vers lui, de ses mains chaudes émane un courant qui aspire Clara, une onde consolante qui s'insinue dans tout son corps.

Puis Thomas la désire, toujours cette histoire de peau entre eux, ses mains parcourent un tracé familier qu'il redécouvre.

Leurs corps en ombres chinoises sur le mur de la chambre. Thomas avance avec lenteur dans cette chorégraphie dont tous deux connaissent chaque pas, chaque dérobade, chaque sursaut. Clara se laisse envahir, portée par cette chaleur qui la ramène à la vie. Il attend son plaisir à elle, le moment où il pourra à son tour sombrer dans un spasme. Il guette les signes sur son visage, le léger tremblement sur ses paupières, sur ses lèvres. Elle s'accroche à lui, à ses épaules, se noue à ses reins et tente d'épouser son accélération, puis quelque chose lâche, elle abandonne, et bientôt il est seul dans cette danse haletante qu'il mène à sa fin, en basculant dans un plaisir amer, celui d'une solitude qui en frôle une autre, deux bateaux dans la nuit. Il roule sur le côté et ce sont deux gisants, côte à côte. Il garde son bras posé sur son ventre à elle, dégage ses cheveux avec douceur. Bientôt sa respiration à lui, régulière, profonde, dans la pièce. Clara ramène la couette autour de ses épaules, et le matin la trouve là, les yeux ouverts sur un invisible horizon.

Des messages vocaux qui s'empilent dans son téléphone, signalés par un chiffre blanc enclos dans une pastille rouge vif. Elle ne les écoute pas, ne les lit pas. La plupart viennent de Christophe, son frère. Elle se dit que leur mère a dû lui parler, forcément ; tu devrais appeler ta sœur, elle ne va pas très fort, ça lui ferait du bien. Non, elle ne veut pas parler, expliquer, ni à lui ni à d'autres, elle voudrait qu'on l'oublie, qu'on la laisse tranquille, au fond de son terrier.

Surtout pas Christophe. Sept ans de plus qu'elle, pas grand-chose comme points communs. Il fait un métier *tendance*, photographe culinaire, il peut vous expliquer pendant des heures comment on s'y prend pour photographier des tartes au citron meringuées, des sushis ou de la crème glacée. Élise, sa femme, exerce aussi un métier *tendance*, web designer, elle crée des sites Internet et les habille de jolies couleurs, et leurs enfants ont aussi des prénoms *tendance*,

Garance et Hugo. Ils habitent à Paris, dans un arrondissement où les pères amènent leurs enfants à l'école en trottinette. Barbe de trois jours, mèche sur l'œil et jean soigneusement troué-délavé, Christophe se donne des airs d'artiste inspiré et Clara peine à trouver des sujets de conversation avec eux, ce sont des planètes qui tournent chacune sur leur orbe, sans collision et sans proximité.

Chaque année, elle demande à Élise ce qui ferait plaisir aux enfants pour Noël, et les échanges ne vont guère au-delà. Avec Christophe, elle a peu de souvenirs d'enfance. Toujours ces années de décalage, longtemps infranchissables. Et puis des vies d'adulte si différentes ; juste une affection tiède qu'elle aurait aimée autre, qu'elle aurait rêvée comme un grand courant chaud, comme un grand frère qui aurait ressemblé, pour de vrai, à celui qu'elle décrivait pour ses amies à l'école, et elle se dit qu'on ne refait pas l'histoire, et que la vie nous emmène.

Elle songe à ce temps décalé entre eux, ce temps toujours bancal, à ces passerelles si difficiles à trouver, qui menacent de s'écrouler à chaque pas. Au jour de l'accident. Ce frisson, chaque fois qu'elle s'en souvient. Dès qu'elle pense à Christophe, toutes les images reviennent, un jeu de cartes battu à grande vitesse. Elle venait d'avoir son permis, il lui avait proposé de fêter ça, gentiment, une première inattendue qui l'avait ravie. Il l'avait emmenée dîner, à quelques kilomètres de chez eux. La soirée s'était terminée dans un fossé, en pleine forêt, en pleine nuit. Ils avaient pu sortir de la voiture et ils avaient marché, en silence, dans le froid. Rattrapé la route principale, fait du stop. Sur le pas de la porte, en pleine nuit, les parents s'étaient figés en le voyant, lui d'abord, vêtements et cheveux en désordre, une bosse au front, des écorchures à peine séchées au visage. Où est Clara ? Son père avait hurlé. Il avait bousculé son fils qui avait heurté de la tête l'encadrement de la porte, déséquilibré. Le visage déformé par la peur, il était sorti puis l'avait vue, elle. Pas fière, choquée, les vêtements malmenés aussi, essoufflée, des hématomes sur le visage. Il l'avait prise dans ses bras, comme s'il ne voulait plus jamais la relâcher, comme si ses bras avaient le pouvoir de tout réparer, de tout effacer. Elle revoit le regard de son frère par-dessus l'épaule de son père, à cet instant précis. Elle le voit encore, lorsqu'elle pense à cette nuit-là. Détresse, désarroi, incompréhension.

Christophe ne leur a jamais avoué qu'il lui avait passé le volant et qu'elle avait perdu le contrôle au sortir d'un virage. Jamais. Elle a voulu parler, dire la vérité, et le regard sombre, déterminé, que Christophe lui jette à cet instant-là la transperce encore. C'est ce qu'ils ont partagé de plus fort ensemble, ces mots pour la protéger et endosser une responsabilité qui n'était pas la sienne. Clara entend encore le cri de son père, et elle lui en a longtemps voulu, de cette indifférence, de cette hostilité envers son frère.

Aux yeux du père, Christophe a choisi un métier qui n'en est pas un, il traverse une passe difficile, des paiements promis qui n'arrivent pas, des clients qui se dédisent, des magazines qui le font travailler pour presque rien ; avant de rencontrer sa femme, il a même dû revenir habiter quelques mois avec eux. Rien n'est simple. Tout est prétexte à énervement, prétexte aux petites phrases qui font mal, le jour où tu gagneras ta vie, si jamais tu la gagnes un jour. Mais l'accident, quand même, elle ne comprend pas. Elle ne comprend pas cette déception muée en agressivité, alors qu'il se montre avec elle tendre et patient. Cela changera-t-il si elle le déçoit à son tour ? Non, pas question, elle fera quelque chose dont il sera fier, elle ne veut pas de ce regard qui glisse et qui ignore. Ou qui transperce et qui blesse.

Ne t'inquiète pas, papa, moi je ne te décevrai pas. Elle ne veut pas non plus du chagrin de sa mère qui tente de s'interposer entre eux, avec maladresse, et que Clara voit trop souvent disparaître dans sa chambre, elle l'entend se moucher, puis ressortir les paupières chiffonnées. Tu sais bien comment il est, ton père. Clara a l'impression que le sol est parsemé d'éclats de verre et qu'elle marche comme elle peut pour les éviter.

Cette nuit est encore présente entre Christophe et elle, avec les phares qui éclairent les arbres, le zigzag de la Golf impossible à redresser, le choc, l'immobilité soudaine. Les portières bloquées, la sortie par le hayon. Les jambes qui tremblent. La peur, à l'état brut.

Où est Clara ?

Pour papa, je viendrai quand je pourrai.

Clara, la vaillante, vacillante. Une lettre en plus qui dit l'effondrement.

Une lettre qui se faufile au milieu de la vaillance, la coupe en deux, la cisaille, la tranche.

Une lettre qui dessine une caverne, un trou où elle tombe, un creux, une lettre qui l'empêche de retrouver celle qu'elle était, entière, debout.

Ses collègues l'appellent, elle voit leurs numéros s'afficher. Appel manqué. Message. Parfois elle décroche, mais peine à leur parler, comme si leurs visages s'estompaient déjà, comme s'ils appartenaient à une autre réalité, à un monde déserté depuis une éternité. Ils lui racontent le bureau, les histoires du quotidien, le remous que crée son absence qui se prolonge. Les questions que personne n'ose poser tout haut. Déjà elle ne sait plus ce qui les lie.

Elle va devoir rencontrer le médecin du travail, et dès qu'elle y pense, elle s'affole, cherche son souffle, son ventre se noue. Que va-t-elle lui dire ? De quelle faiblesse va-t-on l'accuser ? De quel abandon, de quelle désertion ? De quelle lâcheté ? Dans sa tête, elle invente des dialogues et ça tourne toute la nuit avant que le sommeil la libère.

Désœuvrée. C'est ce que lui a dit Lætitia, son amie, l'infatigable, la solaire, celle de la salle de sport, celle des apéritifs prolongés, avec son haut front clair de vierge flamande, ses foulards colorés dans les cheveux et ses histoires de mecs à n'en plus finir. Joyeuse, sensuelle, Lætitia. Clara se demande comment elle fait, parfois. Tu ne vas pas rester comme ça, désœuvrée. Le mot a marqué Clara. Désœuvrée, sans œuvre à construire, sans tâche, sans utilité, une vie de paramécie, de lentille d'eau, de mousse, de lichen. Des heures sans bouger du canapé. Elle se dit qu'elle va finir par se confondre avec la couleur des coussins, et ce serait bien, les animaux se rendent invisibles pour se protéger des prédateurs. Dormir, dormir encore, alors qu'elle sort du lit. Pas de livres, ni de télé, ni de musique. Trop agressif pour la tête, et les yeux ne fixent pas les lignes.

Secoue-toi. C'est ce que lui dit Lætitia, gentiment, comme s'il s'agissait de se lever, de s'agiter comme un cocktail dans un shaker. Lætitia lui a fait des courses, elle les a rangées, elle a jeté les yaourts et le fromage périmés. Tu ne vas pas te laisser mourir de faim, quand même ! Elle lui a préparé des œufs brouillés et une salade de tomates. Elle a attendu. Je ne partirai pas tant que tu n'auras pas mangé, et elle tente de rire, mais elle n'y arrive pas. Elle s'est attelée à lui préparer une quiche, comme ça ton repas sera prêt pour demain. Tu en auras pour deux jours. Elle attend, la sort du four, brûlante, dorée, la dépose sur un torchon plié en quatre et se prépare à partir. Allez, ne reste pas comme ça.

Elle a reçu la convocation de la médecine du travail. Ce moment-là, si redouté, il est là. Visite de pré-reprise, au terme d'un mois d'absence. C'est une angoisse nouvelle et un soulagement, c'est une date, une heure, et non plus une attente. Une lettre posée sur la table basse, entre la bougie parfumée aux trois quarts fondue et les miettes de biscuits, une lettre marquée du logo de la société et du cachet du médecin. Une autre attente succède à la première, celle du rendez-vous. Rendez-vous, comme une sommation d'usage avant les tirs. Se préparer, s'habiller, prendre le bus, c'est l'affaire de toute une matinée. Il va falloir parler, répondre à des questions, sortir du silence, du mutisme reposant de ces semaines lentes. Plonger dans un bain d'acide, en revivant ce qu'elle ne veut plus. C'est une chaîne montagneuse à franchir pieds et mains nus. Elle a froid, empile une veste sur son pull, et elle se trouve ridicule comme ça, engoncée, empotée, elle sait qu'elle ne pourra pas faire face, elle l'enlève. Elle fait chauffer de l'eau pour un thé ; en la versant, elle en répand à côté de la tasse, elle voit que sa main tremble, un peu. Reprendre, revenir, elle sait qu'elle ne pourra pas.

Au pied de l'immeuble, elle tournicote, et puis il faut y aller. Sas d'entrée, bouton d'appel, ascenseur, réception. À chaque étape, il lui semble que l'espace se rétrécit derrière elle, comme pour l'enfermer et ne jamais la laisser ressortir. L'air lui manque, et il est trop tard pour y penser. Le docteur Siméoni vient la chercher, il s'efface pour la laisser entrer dans son bureau, s'assied et lui désigne la chaise en face de lui. Ballet rituel avant la mise à mort, se dit-elle.

Il a des gestes lents, un peu las, qui contrastent avec un regard aigu, comme aux aguets, Clara remarque les poils qui dépassent du poignet de chemise et la cravate aux rayures trop vives. Derrière son fauteuil pivotant en cuir noir, l'inévitable reproduction d'un Matisse aux couleurs primaires, comme s'il fallait à tout prix convoquer la joie ici, dans un lieu qui voit défiler les épuisements, les silences, les larmes, les peurs, les impuissances, les j'ai peur et les je n'y arrive plus, les ma femme veut divorcer et les je n'ai pas vu grandir mes enfants, les je ne dors plus et les j'ai envie d'en finir.

Le docteur Siméoni pose quelques questions, larges, puis de plus en plus précises, un collet qui se resserre. Clara se concentre, répond, explique. Les questions se referment de plus en plus, filet à papillons. Elle raconte, une fois de plus, le trop-plein de demandes, la brutalité des injonctions, les objectifs impossibles à atteindre, les phrases qui blessent lâchées dans les couloirs, hors témoins, les faux sourires pendant les réunions, les contrôles à tout moment, la froideur des mails, leurs contenus glaçants à l'écran, le téléphone de fonction qui vous poursuit le soir encore, et aussi pendant les vacances, les rivalités entretenues ou provoquées, la défiance qui s'installe, le toujours plus et le jamais assez.

Elle parle du temps impossible à dilater, à suspendre, l'aiguille de la montre qui court trop vite, en retard, en retard, comme le lapin d'Alice, et les tâches, les rendez-vous qui s'accumulent, les contrôles qui se multiplient. Elle parle du mépris envers les clients qu'il faut pressurer et elle dit qu'elle ne peut plus. Elle raconte les week-ends englués dans l'insomnie ou le trop de sommeil, les dimanches soir qui commencent de plus en plus tôt, au réveil parfois. Elle parle des kilos perdus et de l'impossibilité de se nourrir. Cette impression qu'elle a de rejouer la même scène, d'un médecin à l'autre, et elle se demande si ça va être comme ça, sa vie, raconter son histoire, et la raconter encore, pour qu'on soit bien sûr qu'elle va mal.

Il pousse vers elle la boîte de kleenex posée sur son bureau, un geste automatique, un geste d'habitude, et elle tend la main vers les petits carrés blancs, duveteux, qui vont absorber son chagrin. Il lui dit qu'il n'est pas là pour la juger, mais pour comprendre, pour évaluer si elle est en mesure de recommencer à travailler ou non. Il s'informe du traitement qu'elle suit, de ses effets qui n'ont pas l'air concluants. Clara ne lui dit pas qu'elle a arrêté depuis un moment, elle ne veut pas prendre de cachets, dépendre des effets qu'ils vont transmettre à son cerveau et accéder à une survie artificielle. Elle ne veut pas être anesthésiée, elle veut vivre, c'est tout.

Il se lève, la raccompagne, il lui confirme qu'elle ne peut pas retourner travailler dès maintenant, il fera un rapport en ce sens. Il veut la revoir dans quelques semaines. Il lui serre la main et lui tient la porte. Elle ne sait pas quoi en penser. Elle choisit de descendre les étages à pied, et en entendant le bruit de ses pas résonner dans la cage d'escalier en ciment, elle se dit qu'au moins elle est vivante.

Elle n'a pas d'autres certitudes.

Désormais elle va vivre avec cette brûlure.

Avec du cramé, du carbonisé, du foudroyé, du consumé.

Court-circuit. Flammes. Cendres.

Ce feu-là est celui des guerriers d'Attila, une terre brûlée.

Tristesse du bois noirci, tristesse d'une âme noircie.

Elle ouvre les yeux sur le décor de sa chambre, et ne sait plus s'il est apaisant ou angoissant. Les rideaux en lin écru, la commode qu'elle a repeinte en gris clair, les lampes choisies avec soin, rien ne la rassure.

Certains matins. Elle voudrait s'y dissoudre, et envie de rien. Elle a si peu si mal dormi, avec cette impossibilité à descendre au cœur du sommeil pour y trouver réparation. Ce sont des matins tranchants comme des lames, mordants comme des crocs, des matins à rêver de café, de quelque chose de brûlant pour repousser les frissons.

Le poids de son corps au réveil la surprend, tout ce qu'il faut mettre en mouvement, peu à peu, elle qui naguère posait un pied léger sur le parquet de sa chambre et gagnait la salle de bains en quelques pas aériens. La nuit laisse en elle un engourdissement, une lenteur, la sensation d'une invincible attraction terrestre qu'elle n'a pas la force de combattre.

Ce sont des matins *ne me secouez pas, je suis pleine de larmes*, il lui faut attendre la reprise du flux, de la vague, chasser la tristesse, mais elle ne sait pas comment faire. L'impression qu'au moindre frôlement, le fil qui la tient va se rompre et laisser au sol ses membres éparpillés, comme un collier cassé. Elle voudrait s'inventer une grotte où elle pourrait s'enfouir et laisser passer le flot de la vie au-dessus de sa tête. Elle s'imagine funambule déséquilibrée, sans même la force de battre l'air de ses mains pour retrouver l'équilibre.

Elle sort. Elle s'oblige. La douche, s'habiller, le bus. Ce café où elle atterrit, la musique n'y est pas trop forte, le serveur presque souriant.

Des images confuses passent devant ses yeux. Cette scène à l'agence. Ce couple de petits vieux qu'elle ne parvient pas à oublier. Peu à peu, d'autres images se superposent.

Clara, où en êtes-vous de... Clara, avez-vous enfin... Clara, quand pensez-vous pouvoir... Clara, j'ai besoin de... Clara, comment se fait-il que... Clara, expliquez-moi comment vous... Clara, vous n'avez pas encore... À chaque passage de la queue de cheval en veste cintrée devant son box vitré, Clara serre les dents, bloque les épaules, se concentre sur son écran. La boss, la Carabosse, comme ils l'appellent tous derrière son dos, qui va et vient d'un bureau à l'autre, pressée-énervée-excédée, une présence qui mord, qui pique. Une présence qui condamne son interlocuteur, quel que soit le sujet, avant qu'il ait pu répondre. Et la réponse ne convient jamais. En se remémorant ces images d'un quotidien à peine révolu, Clara sent encore ses mâchoires se crisper, ses épaules se durcir. Une mauvaise fée, oui, dont les mots sont comme les branches des arbres de la forêt obscure du dessin animé, celui qui lui faisait si peur quand elle était enfant ; elles se resserrent sur son passage jusqu'à la lacérer de leurs épines, l'étouffer, l'immobiliser. D'instinct, elle porte une main à son cou, à sa gorge. Cette impression de ne plus pouvoir respirer, cette oppression constante depuis des mois, cet assèchement de la gorge, dès qu'elle franchit la porte de l'agence. Elle avait incriminé l'air conditionné. Il y a maintenant des semaines qu'elle ne l'a pas éprouvée, cette sensation, et puis là, soudain, présente de nouveau, dès que ces images se sont infiltrées derrière sa rétine.

Clara ferme les yeux, sort un peu de monnaie pour régler le café qu'elle vient de commander, dans ce bistrot à quelques rues de chez elle. Envie d'une halte, de regarder le monde autour d'elle, d'éviter un moment la pluie lourde qui rebondit sur le trottoir dans des brillances d'anthracite. Elle pose ses pièces sur la soucoupe en plastique rouge, sur le ticket où elle lit merci au revoir à bientôt, puis son regard se porte sur une affiche, une publicité plutôt laide pour une sortie familiale en région parisienne, la Mer de Sable. Elle ignore ce que c'est mais le mot la frappe.

Ensablée. Elle se dit que oui, c'est ça, elle se sent ensablée, engluée, et il va bien falloir s'en sortir.

Que faire des jours, que faire du temps, de ces journées qui s'étirent, sans saveur et sans parfum ? Le temps naguère si tendu, si segmenté, est devenu un bloc mou, une matière poisseuse qu'il faut grignoter, éroder minute par minute, dans un parcours aux contours indistincts, sans repères, sans angles, sans prises, un continuum grisâtre qui s'autodévore dans une lenteur infinie.

Elle regarde s'écouler des jours gris de ciment, mats, rugueux, que nulle consolation ne peut adoucir. La tenaille au ventre et l'envie de *s'asseoir sur le trottoir d'à côté*. Son regard erre sans se fixer, et elle ne parvient plus à entrer dans la ronde, à dire les mots du quotidien, les mots prudents, comme des passerelles tendues au-dessus des rapides. Cette impression d'avoir perdu le lieu, l'axe, le repère, la maison intérieure, de n'être qu'une plume, une feuille malmenée par le vent.

Certains matins, comme ça.

II

La belle que voilà,
La laisserons-nous danser ?
Et les lauriers du bois,
Les laisserons-nous faner ?

Thomas. Elle en a aimé la peau, l'odeur, la ligne des épaules, large, carrée, les fossettes au creux des reins, ce battement de paupières ralenti quand il parle, sa maladresse quand il lui apporte un cadeau, et qu'il le cache pour qu'elle le découvre. Elle a aimé cet enthousiasme qu'il met en toutes choses, même les plus anodines, choisir un restaurant, parler de son travail – il est responsable de l'évaluation des risques pour une société de traitement des eaux –, commenter une information, un film.

Clara l'a aimé pour cette façon pleine, entière, d'habiter le présent jusque dans ses moindres recoins, d'y laisser entrer une lumière vive, égale, joyeuse. Elle a aimé son regard droit, posé, sa curiosité du monde. Elle a aimé la façon dont il la déshabille, lentement. Dès leur rencontre, elle s'était sentie parcourue par une sorte d'ondulation secrète, ce mouvement sous la peau qui la portait vers lui et transformait son absence en courant d'air glacé, en un appel plus fort que la faim, plus fort que la soif, et que rien ne pouvait combler.

Elle a aimé la langue secrète, obscure, sauvage, de leurs corps, de leurs doigts, de leurs bouches. Fougue et lenteur, elle a aimé ces temps enlacés. Leur vertige. Sa main à lui sur sa nuque à elle, sa main qui froisse ses cheveux et parvient jusqu'à la peau tiède, secrète, invisible, enfouie sous la chevelure.

Toi, de toute façon, il faut que tu donnes toujours tout. Les mots de Thomas lui reviennent en mémoire, des cendres qui volent et se déposent lentement. Il avait aussi ajouté c'est pour ça que je t'... Il n'avait pas fini sa phrase, comme gêné de ce qui venait de surgir là, entre eux deux, au dépourvu. Tout donner. Elle repense à cette expression, une de celles qu'on entend partout, qu'il s'agisse d'une performance sportive ou d'un enjeu bien plus modeste. Depuis toujours, oui, faire bien, sans calculer, sans s'économiser, en petite fille sérieuse qui guette l'approbation, le sourire, la récompense. Un goût amer, là dans la bouche. Un remords. Avec Thomas, pourtant, elle n'avait pas su tout donner. C'est à son travail qu'elle avait offert le meilleur d'elle-même. Et aujourd'hui, elle se dit que tout lui a filé entre les doigts, comme le sable qu'essaient de retenir les enfants en jouant accroupis, en cercle. Thomas s'était lassé, elle n'avait pas voulu entendre ses mises en garde lorsque le téléphone sonnait trop tard, lorsqu'elle commençait à répondre à ses mails le dimanche soir, prétextant le calme de la soirée pour gagner un peu de temps sur la journée du lendemain. Tu ne crois pas que ça peut attendre ? Elle esquivait la réponse, j'en ai pour une minute, et les minutes s'ajoutaient aux minutes, et l'angoisse s'ajoutait à l'angoisse. Thomas, sombre, silencieux, qui fixe le plateau de la table basse d'un air pensif. Elle sursaute, comme piquée par une vilaine bestiole. Où est-il, Thomas, en ce moment ? Que fait-il ? Elle doit s'avouer qu'elle n'en sait rien, plus rien, de ses jours, de ses nuits, de ses envies, de ses rêves, c'est une ignorance, un vide qui a pris toute la place, un voile posé sur un prénom. Une défaite.

Il y a quelques mois, cet été, il lui avait proposé la vie commune. Elle ne s'y attendait pas. Elle avait entendu sa voix grave, dans l'enchevêtrement des draps, au milieu de la nuit. L'envie de dire oui, ou de ne rien dire, et comme seule réponse se rapprocher plus près encore de sa peau à lui, et effleurer ses lèvres du bout des doigts.

Et ce reflux, ce sursaut. Cette promotion récente qui la dévore tout entière. Elle n'y arrivera pas. Pas tout en même temps. Oui, lorsqu'elle y verra clair, lorsqu'elle aura *pris la mesure du poste*, ils vivront ensemble et ils seront heureux. Pas maintenant, mais bientôt. Thomas qui ne répond rien. Son sourire qui se fige, lèvres amincies, mais dans la nuit, ça ne se voit pas.

Sans Thomas. Ce sera sa vie, maintenant. Une réalité qui se dessine avec une netteté croissante, et qu'elle rejette encore, comme si s'interdire cette pensée suffisait à en écarter la survenance. Incrédulité devant une absence soudaine, une absence comme une boule de métal, brûlante ou glacée, selon les heures ; le fer rouge ou l'iceberg.

Dans la rue, il lui semble que c'est tatoué sur son front, cousu sur ses vêtements. Que chaque regard croisé peut lire son histoire. Abandonnée. Quittée. Lâchée. Elle erre, c'est une de-quel-amour-blessée, une femme dont on se déprend pour ne pas tomber avec elle. Dangereuse, alors. Salariée à terre et amoureuse délaissée, son monde a éclaté, c'est un univers vide qui lui tient lieu de vie.

Ils sont heureux, enlacés, sur le fond d'écran de son téléphone et sur toutes les photos qu'elle fait glisser d'un doigt hésitant. Chacune d'elles montre un temps qui ne reviendra pas, des moments qui viennent de basculer dans le monde des souvenirs. Elle se demande s'il a déjà changé son fond d'écran, c'était une photo d'elle prise aux vacances dernières, on l'y voit pieds nus, en short, de profil, avec un chapeau de paille qui ombre légèrement son visage, elle ne savait pas qu'il la photographiait.

Elle se demande aussi s'il a effacé toutes ses photos, comme on démonte un décor qui ne servira plus. Elle se souvient combien leur amour était joyeux et doux, combien leurs peaux et leurs corps se chuchotaient l'histoire éternelle et secrète de tous les amants, se retrouvaient dans la danse archaïque du désir, le battement, la pulsation de la vie, la coupe et la sève. J'ai froid sans toi, Thomas. Quand avons-nous été heureux pour la dernière fois ?

Elle s'est fait violence pour sortir de chez elle. Elle a pris le bus, pas encore l'énergie de faire face à la circulation, de trouver une place, de manœuvrer, de se battre avec les automates de parking, pas encore assez forte pour ça. Elle a marché un peu, longé des vitrines, vu des milliers de choses à vendre dont elle n'a aucun besoin, aucune envie, elle s'est arrêtée devant le cinéma, attirée par une affiche. Pourquoi pas ? Deux heures au chaud, à ne plus penser, à être embarquée ailleurs, loin de tout ce qui tourne dans sa tête. Sur l'affiche, les acteurs sont beaux, intenses. Elle achète un ticket.

La musique fortissimo des publicités, l'odeur du pop-corn à l'entrée de la salle, elle avait presque oublié, comme si tout cela n'était qu'une résurgence de vie antérieure, le surgissement de sensations anciennes, comme un vieux vêtement égaré et retrouvé dont on redécouvre avec étonnement la texture, l'odeur, le confort, intacts.

Les publicités se succèdent et vendent des vies dorées, pailletées, des parfums, des voitures, des sodas, des canapés, des abonnements téléphoniques, des gels douche et des crèmes hydratantes. Des objets magiques qui doivent rendre la vie plus belle, plus forte. Un monde d'extases renouvelées, de félicité et d'enchantement, grâce à la possession d'une eau de toilette, d'un nouveau forfait téléphonique, ou à la dégustation d'une pizza. Elle pose son manteau sur ses genoux et s'enfonce dans le siège. Ferme les yeux.

C'est une histoire étrange qui se déroule à l'écran. Une femme revit quantité de fois la même journée, jusqu'à ce qu'elle soit parfaite. Comme si nous pouvions posséder une gomme pour effacer les scories de notre histoire, revivre les scènes manquées, trouver le bon mot, le bon geste, au bon moment. Rêve impossible, il faut vivre avec nos regrets et nos imperfections, il n'y a pas de miracle. Pas ce miracle-là, du moins.

Elle se demande quelle journée de sa vie elle voudrait rejouer jusqu'à ce qu'elle soit juste. Puis elle renonce, il y en a trop, trop de jours ratés, de jours gris, de jours de rien, et elle se laisse porter par le film.

Un creux, soudain, dans son ventre. Un manque. De chaque côté d'elle, les sièges sont vides. C'est l'épaule de Thomas qui lui manque, ce rituel, caler sa tête contre son épaule, sa main à lui posée sur sa cuisse. Cette chaleur. Cette respiration. Cette odeur d'homme. Elle voudrait qu'il soit là, mais c'est du passé.

Elle étend le bras et pose la main sur le siège vide, celui de gauche, comme pour vérifier. Du skaï froid sous ses doigts, plutôt désagréable. Le trou dans son ventre s'agrandit. Ses yeux la brûlent et l'écran se dilue, devient flou. Elle ne s'intéresse plus à cette journée imparfaite, elle se dit que tous ses jours à elle le sont, et elle s'en veut d'être là. Elle se voyait passer deux heures en paix, au chaud, deux heures d'oubli, et la voilà qui voudrait être ailleurs. Elle s'en fiche, de ce qui se passe sur l'écran, de ces émotions d'acteurs qu'elle ne reconnaît plus comme siennes. Déjà elle se redresse, elle veut partir, il le faut, tout de suite, et le film s'achève lorsqu'elle quitte la salle. Générique, musique trop forte, défilé de dizaines de noms inconnus auxquels elle a déjà tourné le dos.

Dans le bus, elle s'aperçoit qu'elle a oublié son écharpe, la rouge, sa préférée, qu'elle a choisie pour sortir, du rouge pour l'aider, pour se donner du courage, pour puiser de la force dans la vibration de la couleur. Oubliée sur le siège, ou laissée glisser à terre, sûrement, pas vue dans le noir, dans ce départ précipité loin d'une histoire qu'il faudrait fuir.

Elle s'en veut, en plus le film se terminait, elle aurait pu attendre une minute et la salle se serait éclairée, elle n'a pas le courage de descendre du bus, de repartir en sens inverse, et de toute façon la salle est occupée pour la séance suivante. Elle s'affaisse sur le siège et se met à pleurer doucement, sans bruit, avec une peine venue de très loin, une peine qui se mue en désespoir, le tombeau des amours et des écharpes perdues, et de tout ce qui s'enfuit sans retour.

En passant devant le porche sculpté, avec son ogive peuplée de saints de pierre, elle ralentit. Hésite. Puis un homme, supposant qu'elle veut entrer, lui tient la porte alors que lui-même se glisse à l'intérieur de l'église. Elle fait un pas en avant et saisit la porte ouverte. Un frisson. Le froid. Les dalles froides, l'air froid, les murs froids. Envie de ressortir au plus vite.

Puis le regard s'habitue à la demi-pénombre, la peau à l'humidité. Clara entreprend de faire le tour, elle s'arrête devant les autels latéraux fleuris, recouverts de nappes en dentelle, surmontés de saints et de saintes en plâtre coloré, elle s'arrête devant les cierges et les lumignons sur lesquels ondulent des flammes timides. Une femme devant elle glisse une pièce dans un tronc métallique, et le bruit de la pièce qui y disparaît éveille Clara de sa torpeur.

La femme pose à terre un gros sac de courses en plastique renforcé, imprimé de fruits brillants plus vrais que nature, elle allume le cierge lisse et pâle à la flamme d'un autre, puis elle le pose sur le support, à côté de ceux qui sont allumés. Elle joint les mains, et ses lèvres murmurent une prière, quelque chose de fervent et silencieux, d'intense. Clara détourne le regard et fait quelques pas pour la laisser seule, elle trouve cela trop intime, presque impudique, et beau à la fois.

Quelques minutes plus tard, la femme reprend son sac à terre, ferme son manteau trop étroit pour sa corpulence et regagne la sortie. Clara s'approche de nouveau, elle reste là, devant la flamme minuscule et incertaine qu'elle fixe de toutes ses forces, comme si dans ces oscillations elle allait découvrir quelque chose, une réponse, un signe. Des mots anciens lui reviennent en mémoire, des bribes hésitantes, des répons incomplets, ils viennent de son enfance, ce sont les mots de prières naguère apprises, oubliées, gravées quelque part dans un repli scellé de la mémoire. *Seigneur, je ne suis pas digne de te recevoir, mais dis seulement une parole et je serai guérie.*

Elle pense à faire un vœu. Je voudrais être émerveillée. Elle se répète ce mot, émerveillée. Un mot qui se lit dans les yeux, dans leur incrédulité éblouie, dans un invisible soulèvement de tout l'être. Elle aime ce mot qui lui vient de l'enfance, les merveilles. Des images pour toute la vie sous les paupières. Elle se souvient, enfant, d'avoir écrit une liste de merveilles sur une feuille de papier pliée et cachée sous ses livres d'école, sur son petit bureau laqué blanc. Elle avait écrit le titre en l'entourant de couleurs, et elle avait utilisé un feutre différent pour chaque ligne. C'est donc que les merveilles existent.

Une agitation autour d'elle, un bruissement, des chaises que l'on déplace, quelques silhouettes âgées, furtives, qui prennent place dans les travées. L'office du soir va commencer. Pas pour elle, pas maintenant, pas aujourd'hui. Elle se glisse vers la sortie et retient la porte en bois pour qu'elle ne fasse pas de bruit. Elle est restée plus longtemps qu'elle ne le croyait. Dehors il fait nuit.

Elle a attaché ses cheveux et enfilé sa parka. Elle est allée jusqu'au square. Elle longe les grilles jusqu'à l'entrée et se glisse à l'intérieur par le portillon métallique qui grince. Il fait frais et clair pour ce mois de janvier, le ciel est lumineux, d'un bleu acide, coupant. Elle marche dans la partie qui ressemble à un parc anglais, en plus petit ; les arbres sont dénudés mais les cèdres du Liban donnent l'illusion d'une végétation dense, presque exubérante. Elle arpente les allées, contourne la pièce d'eau où des enfants lancent du pain aux canards ; des cygnes indifférents, prétentieux, glissent et semblent la toiser.

Un jour, enfant, elle est tombée dans le bassin d'un jardin public, elle s'était éloignée et avait enjambé le grillage pour voir les grands oiseaux de près. En plus du froid, de la panique, un cygne furieux avait foncé sur elle en quelques battements d'ailes bruyants au ras de l'eau. Elle avait hurlé. Sa mère était descendue dans le bassin pour la récupérer en la tenant ferme par le bras. Elles étaient rentrées au plus vite à la maison, gelées, trempées, hagardes. Au retour de son père, le soir, elle avait pris la fessée de sa vie. De ce jour-là elle déteste les cygnes.

Elle s'approche de l'espace des jeux d'enfants. C'est mercredi. Des mères, des grands-mères, des nounous, des landaus et des poussettes toutes plus grandes, plus élaborées les unes que les autres, chargées de sacs. Éternité des scènes de bac à sable, les enfants qui s'y salissent, s'y disputent. On y décèle les meneurs, les égoïstes, les brutaux, les sournois, les violents, les timides, les rêveurs, les perdants. Elle suit du regard un drame pour une pelle, pour un seau, les mères parlent entre elles, certaines téléphonent ou consultent leur portable. Et puis des cris, stridents, un autre drame pour un tour de toboggan ou de bascule. Des cris qui blessent, qui incisent sa tête comme un scalpel.

Si on le lui avait demandé, elle n'aurait pas su dire pourquoi elle était venue s'asseoir là, c'était peut-être le dernier endroit où elle aurait dû s'arrêter. En observant, malgré elle, ces jeux importants et minuscules, elle pense à Thomas, Thomas qui ne sait plus, pour eux deux, et qui sait, en fin de compte, puisqu'il est parti. Avec lui, pour la première fois, elle avait ressenti une envie, pour plus tard, pas pour maintenant, la possibilité d'un enfant, peut-être, ensemble. Une porte entrouverte, qui s'était refermée avec fracas. Ce n'était pas une bonne idée de venir s'asseoir là, comme pour mesurer la profondeur d'une faille, l'ampleur d'un gouffre en y jetant une sonde. Jour meurtri. Le monde danse autour d'elle ; il joue sa chanson et elle, ne joue plus, ne danse plus. Elle se sent derrière une vitre, à chercher ses gestes, à chercher ses pas, à se demander si un jour elle vivra à nouveau. Elle se lève, avec lenteur, regarde le banc comme si elle y avait oublié quelque chose, et elle va.

Les six derniers mois avant la chute. Clara y repense, comme on écarte des branches d'arbre trop touffues, et que la lumière du jour peut enfin passer. Cette promotion, au printemps dernier. Un minuscule échelon gravi, sans l'avoir cherché, dans lequel elle aurait dû lire, avant tout, une charge de travail décuplée. De chargée de clientèle à animatrice commerciale. Appui et conseil à ses anciens collègues. Les mots flatteurs, les mots sucrés, ceux qu'elle a voulu retenir, ceux auxquels elle a voulu croire. Au regard de vos compétences et de vos résultats... nous avons souhaité vous proposer des responsabilités élargies, un périmètre plus vaste... cela ne remet pas en cause vos actuelles attributions. Vous avez toute notre confiance... Les mots qui endorment. Elle n'avait pas compris, ou pas voulu comprendre qu'elle devrait rendre compte de leurs résultats, qu'elle en serait responsable et comptable, et que ces résultats seraient sans cesse redéfinis à la hausse. Elle se hait de tant de naïveté, ou de tant d'innocence, elle se déteste d'avoir pensé qu'elle pourrait réussir en faisant les choses à sa manière, sans brutalité, par la seule force de son charisme et de son enthousiasme. Elle se déteste.

Elle se revoit lors de l'entretien qui avait précédé la promotion. Elle se revoit acquiescer, une fesse posée à l'extrémité du fauteuil visiteur de ce bureau directorial où elle n'était jamais entrée. Clara, bonne élève. Sérieuse, si sérieuse. Pas de vagues. Jamais de vagues.

De ce jour, cette tension. La liste des tâches pour le lendemain qu'elle note avant de s'endormir, parfois elle s'endort dessus et retrouve ses draps tachés de marqueur fluorescent ; les dossiers emportés pour le week-end ; les appels pendant ses vacances, la vibration du smartphone professionnel dans le sac de plage ; les réveils nocturnes, ceux de deux heures, de trois heures du matin, pour penser à un rendez-vous, imaginer la scène, préparer un discours, des arguments, réfuter ce qui sera avancé, tenir tous les rôles dans sa tête. Être à la hauteur. Bouffées d'angoisse, cœur tambour. C'est un maillage invisible d'ondes et de réseaux qui l'enserre chaque jour un peu plus, comme cette torture qui consiste à ligoter la victime d'une manière telle qu'à chaque effort pour se libérer, elle resserre un peu plus les liens, jusqu'à l'étranglement final.

Aux mots satinés, aux mots vernis ont succédé les mots acides. Les flèches empoisonnées. Les banderilles. Si vous étiez mieux organisée... Ne nous faites pas regretter la confiance que nous avons placée en vous... Et, posé sur les mots acides, le sourire serpent. Clara connaît alors le filet de transpiration qui coule le long du dos, ruisselle sur chaque vertèbre en tachant le chemisier impeccable du matin, le déjeuner, barquette plastique posée sur les dossiers, abandonnée à moitié pleine, les heures qui galopent, s'emballent, les mails qui s'empilent sur les lignes de son écran jusqu'à le saturer. Déjà la journée est finie. Il lui reste la soirée, la nuit s'il le faut, c'est l'affaire de quelques semaines, mais elle y arrivera. Elle se l'est promis, juré, les yeux dans les yeux, face au miroir.

Dans son sac à main, Clara retrouve la liste donnée par le docteur Cardoso. Elle la déplie. Une dizaine de noms. Des femmes, des hommes. Elle regarde les adresses, évalue les distances, le temps pour s'y rendre. Elle choisit la plus proche. Peut-être bien qu'il faut parler, expulser ce qui doit l'être, recoudre ce qui doit l'être aussi, elle ne sait pas si elle y arrivera. Elle veut bien essayer.

La haute femme brune qui la reçoit dans son cabinet l'intimide malgré sa courtoisie. Clara enregistre des détails inutiles, la moquette gris chiné, de la neige sale, la robe vert sapin ornée d'une broche ethnique en ambre, trop lourde, elle fait un vilain pli sur le tissu, une grimace, dirait sa mère, le rouge à lèvres qui file dans les ridules au-dessus de la bouche, le vernis à ongles carmin, les racines blanches des cheveux, sur deux centimètres. Sur le bureau, une crème parfumée pour les mains, une bougie posée sur une coupelle et un bouddha en bois, avec son gros ventre et ses longues oreilles. Sur une étagère, toute une collection de grenouilles, alignées par taille croissante, en bois, en verre, en papier mâché, en cristal, en céramique, en quartz, en terre cuite. La haute femme brune pose quelques questions, laisse du silence aller et venir entre Clara et elle.

Clara s'enfonce dans le fauteuil où elle a pris place et soudain c'est la panique. Elle a peur de ne pouvoir s'en extraire, elle voit la broche en ambre comme un œil jaune maléfique qui la fixe, un œil de dragon, ou de saurien, et elle regarde toutes les grenouilles qui lui font face, en bataille rangée. Elle déteste les grenouilles, comme ça, sans raison. Elle ferme les yeux et les imagine sauter de l'étagère pour atterrir sur ses genoux, humides, collantes. Elle fait un effort pour aligner quelques mots, et c'est la fin de la séance.

Elle serre la main aux ongles carmin, et derrière la porte elle reprend son souffle, comme si elle venait d'échapper à un danger, à un assaut de grenouilles aux ongles vernis, avec des yeux jaunes comme la broche en ambre de la Baltique, cet ambre qui a emprisonné des insectes dans sa masse il y a des millions d'années. Elle ne veut pas être l'un de ces insectes fossilisés vivants. Elle frissonne, elle s'enfuit.

Le jeton de plastique glissé dans l'encoche du caddie, Clara secoue le chariot métallique pour le dégager de la longue chenille qu'il forme avec les autres ; c'est un enchevêtrement de grilles et de roulettes, la chaînette qui le relie à son semblable refuse de céder, Clara secoue encore, tire en tous sens avec une énergie désordonnée. Elle a chaud, d'un coup, elle s'apprête à tout laisser et à repartir. Elle a pris sur elle, comme on dit, en ouvrant son frigo pour en constater le vide absolu, les clayettes transparentes couvertes de buée, les compartiments qui n'abritent plus que moutarde et ketchup solidifiés depuis la nuit des temps, alors elle s'est habillée, lentement, et elle est sortie. Et la voilà à se battre avec ce chariot qui lui blesse les mains, cette caisse grillagée gris alu sur ce parking gris béton, avec au bout de l'allée une pomme géante en plastique, empalée sur un mât, censée donner un repère à celui qui aurait oublié l'endroit où il s'est garé. Le chariot a fini par céder, la chaînette ballotte maintenant dans le vide, vaincue.

Les portes coulissantes du centre commercial s'ouvrent devant elle dans un glissement impeccable, et déjà les affiches de promotion, fond rouge, fond jaune, sollicitent son regard. Des prix barrés, des points d'exclamation, des 3 pour 2, des 5 pour 4, des treize à la douzaine et des aujourd'hui seulement, des arrivages spéciaux et du bio et du local, de la qualité supérieure et tout ce dont on peut rêver. Clara réprime un haut-le-cœur en passant devant les espaces de restauration rapide, buffet à volonté, menu spécial midi, spécial enfants, spécial tout ce qu'on veut, café offert, odeurs de nems et de gaufres mêlées, il lui semble avancer dans une jungle alimentaire opaque et malodorante. Elle transpire dans sa parka trop chaude pour l'intérieur. Elle avance, les mains crispées sur la barre plastique du chariot, passe les portillons du supermarché.

Un nouveau monde se présente à ses yeux. Une Amérique des grands navigateurs. Vertigineuses pyramides de biscuits, gâteaux, caisses de vins superposées, matériel de jardin et sacs de terreau, des allées rectilignes et des contre-allées tout aussi rectilignes accueillent ses pas, le caddie couine sur le carrelage blanc, la roue avant gauche se coince, Clara doit forcer pour la remettre dans son axe et continuer sa progression vers les espaces convoités.

Elle a noté deux ou trois choses sur un post-it vert fluo plié dans sa poche. Sur son passage, une femme au maquillage chargé tient à lui faire goûter des cubes de fromage au curry, ou au paprika, posés sur un plateau en métal et piqués d'un cure-dent. Elle recule, tente un sourire, non merci, la femme insiste, non merci, et Clara sent qu'elle transpire, que malgré la proximité des rayons réfrigérés elle étouffe. Elle s'arrête pour prendre des œufs, du beurre, des compotes, des fruits. Elle a envie d'oranges, de cela elle est sûre.

Devant les linéaires de yaourts, fromages blancs, desserts lactés, elle s'arrête. Les rayons lui paraissent infinis, en longueur, en hauteur, en quantité, en variété. Elle reste devant et elle ne sait plus. Elle ne sait plus ce qu'elle veut. Elle ne veut plus rien. Devant cette profusion babylonienne, devant ces extravagantes abondances, elle cale. L'œil qui balaie les rayons sans rien voir, rien que du carton de couleur, du verre et du plastique. Elle tend le bras pour attraper un paquet, puis renonce. Elle recule. Sortir. Sortir d'ici. Elle abandonne le caddie, elle cherche la sortie sans achat, quand un vigile en costume anthracite mal coupé, logo de la société de surveillance cousu sur la poche de poitrine et fil d'oreillette le long du cou, lui demande d'ouvrir son sac. Elle n'a plus de souffle, plus de mots, elle le regarde jeter un œil méfiant dans son cabas, et elle court, elle accélère, elle retraverse la galerie, odeurs grasses de riz cantonais et de viennoiseries chocolatées, vitrines de fringues accrochées sur des corps sans visage, elle sort et regagne sa voiture.

La pomme empalée comme repère, la pomme vénéneuse tenue par les doigts crochus des dessins animés de l'enfance. Elle aimerait qu'une main douce se pose sur son épaule et la raccompagne chez elle, comme une enfant. Mais elle n'est plus une enfant et elle n'a pas vraiment aimé l'enfance.

C'est le froid qui la réveille, une sueur qui lui glace la peau, lui serre le cou. Clara entrouvre les yeux dans le noir, elle estime qu'il doit être entre deux et cinq heures, aucune lumière ne filtre encore à travers les rideaux, le jour est loin de s'annoncer. Elle ramène sa couette autour d'elle, glisse son corps vers le fond du lit, descend son oreiller. Reprend conscience. Elle est donc chez elle, et non enfermée dans l'une des cases d'un tableur. L'instant d'avant, elle se débattait pour en sortir, mais les lignes étaient comme des lianes en fil barbelé. Elle hurlait sans entendre sa propre voix, et elle se retrouvait nue, recroquevillée, à pleurer des larmes qui remplissaient peu à peu les cases du tableau, en changeant de couleur à chaque nouvelle ligne. Au moins, se dit-elle, voilà un rêve facile à interpréter, alors que d'ordinaire elle ne sait que faire des chutes et des poursuites, des trains et voitures qui menacent de l'écraser, des visages qui se déforment, des cris qui ne parviennent pas à sortir de sa gorge. La jument de la nuit, *nightmare*. Elle préfère ce mot à celui de cauchemar, elle a l'impression que c'est bien un animal infernal, une bête maléfique sortie d'un monde obscur, qui l'emporte sur son dos vers des contrées terrifiantes, et qu'elle ne peut arrêter. Ce soulagement, alors, de se savoir sortie de là, d'être en sécurité dans son lit, caverne des origines, nid, repaire.

La sensation de confort retrouvé ne dure guère. En un éclair, les visages de ses collègues défilent. Elle ne veut pas retourner là-bas. Elle ne veut plus, elle ne peut plus. Mais que faire d'autre ? Il faudra bien répondre à cette question, un jour. Mais quand ? Un mois, trois mois, un an, jamais ? Comment regarder à nouveau ses chefs, ses collègues ? Sur son front, il y aura désormais marqué au fer rouge : FRAGILE. Personne ne veut s'encombrer de ça.

Le sommeil a fui. Elle n'ose pas refermer les yeux de peur de retourner dans les cases du tableur, alors elle se lève, va boire un verre d'eau, passe aux toilettes, en hâte car le carrelage est froid sous ses pieds, elle se recouche lorsqu'elle pense que ce mauvais rêve s'est dissipé et ne reviendra pas la tourmenter.

Ce qu'elle voudrait c'est une belle nuit bleue, pleine, entière, sans sursauts dans le sommeil, sans pensées qui harcèlent, sans paniques soudaines, une nuit ronde, lente, une nuit amie.

Toujours pas de lumière à travers les rideaux, elle hésite à allumer sa lampe de chevet, puis elle s'enfonce loin dans son lit, là où son odeur, sa chaleur l'attendent, la rassurent. C'est tout ce qu'elle sait du bonheur, maintenant.

Elle se décide pour une incursion en centre-ville, elle doit aller à la pharmacie, pas le choix. Elle s'extrait de sa voiture, verrouille les portières et glisse la clé dans son sac, dans la petite poche zippée, sur le côté qu'elle tient contre elle, là où elle place aussi son téléphone. Elle sort du parking souterrain par l'escalier, jamais par l'ascenseur, ça l'angoisse et ça pue la pisse. Dehors, il est midi. Le plein du jour, du grand jour. Plusieurs fois elle vérifie que la clé de contact et son téléphone sont bien là, elle en devine les reliefs à travers le cuir, et elle s'élance. La ville, la rue, la foule.

Toute la ville est dehors, à marcher, trotter, courir, s'arrêter aux vitrines, aux feux, entrer et sortir des boutiques, des cafés, des brasseries. Elle se demande où vont les gens, ce qu'ils font, pressés, nonchalants, distraits, affairés, des amies qui partagent un déjeuner, des enfants qu'on vient d'aller chercher à l'école, des solitaires qui parlent au téléphone. À quoi ressemble leur vie ? Elle se dit qu'elle aimerait échanger la sienne contre n'importe quelle autre, au hasard, dans une sorte de pacte, comme dans les légendes. Sa vie aux enchères. À qui la veut. Elle s'arrête, étourdie, marque le pas devant une vitrine dont elle ne regarde rien, elle aperçoit son reflet entre les marchandises exposées. C'est donc cela qu'elle est devenue en quelques semaines, ce visage crayeux aux traits tirés, lèvres fermées, cheveux attachés, regard éteint. Elle se reconnaît à peine. Elle se met à haïr ce reflet, c'est donc moi, ça ? Cette ombre, ce passe-muraille, cette invisible égarée dans la foule ?

Elle reprend sa marche, la pharmacie est loin, très loin, pense-t-elle, mais impossible de se garer plus près. Elle sursaute. Sur le trottoir d'en face, elle reconnaît Thomas. Se fige. Le garçon traverse et passe près d'elle, presque à la frôler. Non, ce n'est pas Thomas. Bien sûr. Il ne travaille pas dans ce quartier, et il est plus petit, plus brun, moins… Elle attend que les battements de son cœur ralentissent. Elle ne sait pas si c'est de la joie ou de la peur qu'elle vient d'éprouver. C'est le rappel d'une absence, celle de Thomas qui ne sait plus, qui veut rester du côté soleil, du côté de ceux qui savent où ils vont, qui savent ce qu'ils veulent. Du côté des gagnants. Elle pensait être de ce côté-là, aussi. Et puis non, finalement. Alors Thomas a lâché sa main. La sienne est restée tendue dans le vide.

Elle revient de la pharmacie, un sac en papier à la main. Des boîtes de gélules encapsulées dans du plastique, alignées dans des emballages en carton. Pas d'alcool, et attention en conduisant, a dit la pharmacienne. Risques de somnolence. Clara a acquiescé aux conseils comme une bonne élève, oui, oui, bien sûr. De toute façon, elle sait qu'elle ne prendra pas tout ça, toute cette chimie pour voir la vie en rose, et le trou noir lorsqu'elle va arrêter. Une bouche d'égout béante devant elle, au bord du trottoir ; un instant, la tentation de s'y débarrasser de son paquet.

Elle longe la place du marché, c'est l'heure où ça remballe, déjà les cageots vides chargés à l'arrière des camionnettes, déjà les jets d'arrosage pour nettoyer, et les fruits, les légumes abîmés qui jonchent le sol, déjà des petits vieux, et des femmes encore jeunes qui commencent à glaner ces restes, une pauvre moisson, il n'y a pas de honte quand on a faim.

Un étal de fleurs. Des tulipes. Ses fleurs préférées. En elle, quelque chose se réveille, quelque chose qui vient de loin. Elle redresse la tête, parcourt l'ensemble du regard. Il y en a de toutes les formes, de toutes les couleurs, des simples, des flammées, des pétales ronds ou pointus, ou découpés, comme effilochés, il y en a des jaunes, solaires, des rouges, joyeuses, des violettes, profondes, des rose foncé, graves, et des rose pâle, comme des dragées. C'est vers celles-ci que se tend la main de Clara, elle les veut. Pour la première fois depuis toutes ces semaines, elle désire. Ces fleurs-là, leur forme naïve, un dessin d'enfant, leurs longues tiges qui iront s'alanguir sur sa table, ce rose, à peine, une esquisse de couleur, une douceur, une consolation, elle n'en veut pas davantage.

Son bouquet enveloppé de papier kraft serré contre elle, elle regagne sa voiture. Elle pose les fleurs sur la banquette arrière, avec précaution, comme un chargement de porcelaine. Chez elle, elle les dispose dans un vase transparent, pas trop d'eau a dit la fleuriste, puis elle s'assied, elle les regarde et elle ne voit qu'elles.

Les pieds sur la table basse, les yeux dans le vide, elle sursaute. Une pensée qui la traverse et ne la lâche pas, de vilaines serres qui la tiennent et s'enfoncent dans la peau. L'argent, les sous. Comment va-t-elle faire ? Elle lâche le magazine sur lequel ses yeux errent en vain. Il faut qu'elle compte. Elle a rempli les dossiers, les papiers, envoyé les certificats, les arrêts de travail, et une expression nouvelle a pris toute la place dans sa tête. *Indemnités journalières*. Le courrier reçu est sur la table, à côté de son enveloppe déchiquetée.

Elle comprend qu'elle est entrée dans un cycle nouveau, un tunnel obscur dont elle ne connaît pas la longueur. Bientôt, plus de salaire. Des indemnités. Elle aura moins d'argent, bien moins. Et ce ne sera plus de l'argent gagné, ce sera de l'argent donné. Concédé. Et ce sera comme ça jusqu'au jour où l'on décidera pour elle que les choses auront assez duré.

Elle attrape un bloc sur la table et ouvre la calculette de son smartphone. En habituée des chiffres, elle liste vite ses dépenses, les obligées, les incompressibles, puis les nécessaires, et celles qu'on peut réduire, ou supprimer. Le superflu, l'agrément, le futile. Elle trace un chiffre devant chaque ligne. Loyer et charges, assurances, mutuelle, voiture, l'abonnement box et téléphone, nourriture, loisirs, vêtements, épargne. Elle additionne. Jusque-là, elle ne s'en sortait pas si mal. Tout ça va changer. Elle recompte, recompte. Oui, c'est certain, ça va changer.

Elle repose son bloc. Il va falloir réduire la voilure. Dès maintenant. Pas le choix. À quoi ressemblera demain ? Elle n'en a aucune idée. Elle n'avait pas pensé à ça tout de suite. À cet enchaînement dont elle prend conscience, à cette multiplication des cailloux dans sa chaussure. Au seau d'eau glacée sur la tête. Le soir tombant la trouve à la même place. Elle n'a pas encore allumé la lampe sur la petite table d'angle, elle tient encore son crayon à la main, un crayon de papier surmonté d'une minuscule danseuse au tutu en plumes roses, bras en couronne et sourire figé, qui continue à s'agiter doucement.

Elle s'est arrêtée, s'est assise sur un banc, comme une petite vieille qui nourrit les moineaux. Finies les longues balades urbaines, le pas énergique, tonique, glissé, un pas de sportive, finie la salle de gym, en microshort et brassière, pour y sculpter son corps, muscler son ventre, son dos, ses bras, ses cuisses, elle avance à pas mesurés dans la ville, à petits trajets, petits objectifs. Elle se force. Et cette lassitude qui tombe sur ses épaules, soudain.

Fermer les yeux et se réveiller dans son canapé, rideaux tirés, c'est tout ce qu'elle souhaite. Elle s'est assise sur ce banc, dans cette rue piétonne où les vitrines se touchent, vêtements, lingerie, bijoux, coiffeurs, opticiens. La litanie des enseignes, la même, partout.

Cette femme, à quelques mètres d'elle, elle la regarde, longuement. Pas toute jeune. Clara scrute son maquillage appuyé et se demande où cette femme trouve l'énergie, le matin, la patience de passer tout ce temps devant son miroir, à tenter de gommer, d'estomper les traces du temps, la griffe qui creuse la peau, la fatigue qui éteint le regard ; à étaler crèmes, crayons, poudres, l'arsenal magique pour se réinventer acceptable, à ses propres yeux, désirable peut-être, dans d'autres yeux. Bottes à talons, grande besace, manteau rouge vif, volumineuse écharpe crème, carré court, mèches cendrées. Ce qu'on appelle de l'allure, de l'allant. Elle se tient très droite, quelque chose d'une vieille danseuse qui ne renonce pas. Une façon de résister, de tenter le bras de fer avec le temps.

Clara la suit des yeux, note sa démarche un peu sèche, sa main qui réajuste une mèche avec une fausse nonchalance, et la silhouette disparaît. La question demeure en elle, alors qu'elle se lève et se met en route pour rentrer, oui, d'où viennent cette force, cette tension, ce tenir-droit, cette vitalité ? Si elle avait encore droit à un vœu, c'est ça qu'elle demanderait, et seulement ça.

La fourchette qui bat deux œufs dans un bol avec vivacité. *Allegrissimo*. Et puis le mauvais geste, la main qui glisse, laisse échapper le bol et son contenu jaune, mousseux, soleil. Tout tombe sur le carrelage, le récipient se fracasse en quelques fragments nets qui forment des îlots aux angles acérés au milieu du liquide.

Clara regarde le minuscule désastre domestique à ses pieds. Pétrifiée, elle suit des yeux le cheminement du liquide glaireux qui dessine des presqu'îles et des archipels sur le sol. La fourchette lui glisse des mains et laisse retentir un long tintement métallique avant de s'immobiliser. Puis c'est le silence. Et les mots qui éclatent dans sa tête.

Regarde, tu n'es plus bonne à rien.

Ils ont réservé une table pour quatre, au libanais, pas trop loin, pas trop près non plus du bureau. Clara est déjà là lorsqu'ils arrivent, tous les trois ensemble, et ils se sont assis autour d'elle dans des embrassades, dans une grande gaieté, trop grande peut-être. Samira, la flamboyante, robe rouge et crayon khôl, Carine, la discrète, visage au teint transparent, parsemé de taches de rousseur, toutes deux comme une démonstration de ce que la nature sait produire de plus extrême. Et Bruno, le calme, le sage, l'arrangeant, qui pose sa veste en soufflant.

Autour des mezzés, les quatre paires de mains s'agitent. Bruno s'apprête à servir à Clara un verre de rosé, léger, presque gris clair, et elle l'arrête. Non, merci, tu sais, avec les médicaments… Il reste un instant avec la bouteille en l'air, ne sait que dire, que faire. Ah oui. Alors il s'empresse de saisir la carafe d'eau et de remplir son verre jusqu'en haut, comme pour se faire pardonner.

La discussion roule sur le bureau, les travaux récents et leurs nuisances, le bruit, la poussière, le manque de place pour recevoir les clients, le marteau-piqueur et la ponceuse en fond sonore. Tu vas voir, c'est tout propre maintenant, franchement, on a souffert mais c'est plus lumineux. Carine et Samira enchaînent sur les petites histoires, celles de tous les jours, et Bruno n'est pas en reste. L'insignifiant du quotidien, le nouveau tailleur bleu électrique de la boss et ses mèches ratées, les manœuvres arrivistes de Frank, les remarques acides de Sylvia autour du café, Julie qui attend un bébé, depuis le temps qu'elle essaye, elle vient d'apprendre que c'est un petit gars, elle angoisse déjà pour la crèche, et les chiffres, les chiffres, les chiffres.

Clara se tait, elle a chaud, elle entend ces histoires qui la concernaient hier encore et ne la regardent plus, mais jusqu'à quand ? Rien n'a changé là-bas, alors qu'elle a l'impression d'être partie depuis des siècles. Il va sûrement falloir retrouver ça, un jour. Un autre jour. Elle n'arrive plus à avaler, chipote dans son assiette avec sa fourchette, essaie de sourire. Et tu ne t'ennuies pas, depuis tout ce temps ? Samira vient de poser la question, directe comme à son habitude. Non, non, ça va. Clara marmonne quelques mots, avale une gorgée d'eau, transpire. Alors tu reviens quand, finalement ? C'est Carine qui a enchaîné. La conversation patine, il faut bien trouver quelque chose. Je ne sais pas, bientôt, je pense. Tu nous manques, tu sais. Clara sourit encore.

Bruno s'est penché sur la carte des desserts. Baklavas ? Flan à la fleur d'oranger ? Carine et Samira se récrient, pas question, elles tiennent à leur ligne. Les cafés arrivent, c'est le silence maintenant entre eux. Personne ne sait comment le remplir. Les Vignes du Liban commencent à se vider, c'est l'heure de reprendre le travail. L'addition, le partage, les manteaux, et les embrassades claquantes, trop joyeuses, à la porte du restaurant. Prends bien soin de toi. On se refait signe. À bientôt. Clara sourit toujours, acquiesce. Derniers gestes de la main, comme si elle partait pour toujours. Au fond de sa bouche, l'amertume du café, qu'elle n'avait pas encore remarquée.

En bas de chez elle, elle a acheté le pain, puis elle s'est arrêtée à la maison de la presse. Son regard glisse sur les couvertures des magazines, sur les cheveux soyeux, les lèvres entrouvertes, les décolletés pulpeux, les corps de sirène, elle soupire. Elle en prend un, le feuillette. Une galerie de femmes battantes, gagnantes, investies, c'est ainsi qu'elles sont présentées, entre les titres en gras et les publicités, toutes vivent pour une grande et belle cause, améliorer le quotidien des enfants à l'hôpital, offrir des appartements aux femmes battues, favoriser l'insertion en classe des jeunes autistes...

C'est un défilé. L'une sauve les tortues sur la Grande Barrière de corail, en Australie, l'autre a créé une société de recyclage ou d'échanges de services, celle-ci enseigne le théâtre dans une banlieue difficile, une encore anime des ateliers de cuisine ou de coiffure pour des femmes sans papiers. Elles expliquent leur projet, les difficultés, l'incrédulité, il a fallu convaincre, se débattre, prendre des risques, protéger leur vie de famille. Elles ont eu peur, peu dormi. Elles ont harcelé les banques, les administrations, les élus locaux. Elles ont quitté des jobs bien payés où elles s'ennuyaient. Aujourd'hui elles ne regrettent rien. Elles sourient, le regard droit, les bras croisés sur la veste de tailleur, guerrières apaisées, confiantes, accomplies.

Clara soupire. Pourquoi n'a-t-elle pas une vie aussi riche, aussi généreuse ? Elle repose ces vies de rêve dans le présentoir. Elle se dit qu'elle, elle vend de l'argent à des petits vieux qui veulent se faire aimer de leurs petits-enfants. Elle ne croyait pas ça possible. Elle tente de se convaincre qu'elle n'y est pour rien, qu'elle n'a pas à juger les motivations des clients. Tous les jours, elle reçoit des personnes qui ont besoin d'emprunter pour les raisons les plus variées. Elle se souvient de ce jeune type qui empruntait de petites sommes, plusieurs fois par an, des montants qui ne nécessitaient pas de justificatifs.

Dettes de jeu. Tables de poker, jeux en ligne, paris sportifs, casinos. Il y passait ses nuits. Elle le revoit, pressé, tendu, en costume bleu marine et chemise blanche sans cravate. C'est sa mère qui avait appelé la banque, un matin. Une femme détruite. Son fils avait vendu tout ce qu'il avait pu chez elle, tout, jusqu'à ses bijoux. Clara en avait parlé à ses chefs. On lui avait répondu que, de toute façon, cet argent, il irait l'emprunter ailleurs si on le lui refusait. Jusque-là, il avait toujours remboursé. Taux élevé, risque mesuré. Alors, banco. Et au premier problème, on le vire. Autre chose, mademoiselle Legendre ?

Elle remonte chez elle en évitant le miroir du hall. Le ménage vient d'être fait. Ça sent le désinfectant industriel, la propreté chimique, le fleuri de synthèse, pêche ou lilas, elle ne saurait dire. Elle se glisse dans l'ascenseur, la porte se referme. Elle fixe le voyant lumineux qui indique son étage. Elle se dit qu'il faut qu'elle oublie toutes ces héroïnes trop souriantes.

Au fond, aimer sans i devient amer

Elle vient de lire ça sur une affichette déchirée, près de son arrêt de bus.

Le bas de la feuille s'agite au vent, comme une paire d'ailes brisées, inutiles.

III

Non, chacun à son tour,
Ira les ramasser.
Si la cigale y dort,
Ne faut pas la blesser.

Clara entre dans la librairie, celle au bout de sa rue, où elle s'arrête rarement. Un polar, parfois. Elle retourne quelques livres sur les tables, un peu au hasard des titres, des couvertures, comme si elle attendait d'être aimantée au contact de l'un d'entre eux, et que celui-ci la prenne dans ses bras lorsqu'elle l'ouvrirait. Elle avance dans une canopée pleine de mystères, pleine d'inconnu, d'insaisissable, pleine de vies qu'elle voudrait connaître.

Un titre l'attire, elle ouvre et lit les premières phrases.

Ce printemps-là, aux premiers jours de mai, la place Rouge sentait le lilas. J'avançais vers les couleurs sauvages de Saint-Basile, vers sa forêt de bulbes théâtrale et enfantine, tel un conte millénaire déposé à mes pieds. Je me sentais neuve et légère, déliée comme les eaux de la Moskova, quelques centaines de mètres plus bas, à peine déprises des glaces de l'hiver. Ce voyage, seule, je l'avais voulu ainsi. Je voulais vérifier que j'étais encore vivante.

Au lycée, elle lisait beaucoup, toujours le nez dans un bouquin, disait son père, tiens-toi droite, tu vas finir bossue si ça continue. Aujourd'hui, le poids d'un livre dans ses mains est une sensation étrange, à la fois oubliée et familière.

Elle relit ces premières lignes et ne parvient pas à s'en détacher. Elle vient d'entrer dans un monde qui l'a saisie par la manche. Il y a quelque chose derrière ces mots, comme une présence, une vie qui l'appelle, elle ne saurait pas vraiment dire. Comme un signe, un seuil qui demande à être franchi, les premières traces d'un chemin qui s'ouvre devant elle. Elle veut savoir. Elle referme le livre et le tend à la caisse. C'est pour offrir ? Elle hésite un instant, et elle dit oui.

Clara se décide enfin à appeler son frère, à répondre à ses messages soucieux. Même si. Même si c'est encore tendu entre eux, maintenant, en grande partie à cause d'Élise. Ce week-end où ils l'avaient invitée chez eux, à Paris. Ils avaient des billets pour une pièce de théâtre, *Le Songe d'une nuit d'été*, par un ami d'ami, assistant aux décors ou aux éclairages. Clara était venue les mains pleines de cadeaux, elle avait joué avec ses neveux, promis de les emmener chez Disney. Élise avait levé un sourcil et répété Disney ? d'un air interrogatif, incrédule.

Et puis cet après-dîner, cet après-spectacle, de retour à l'appartement. Enfants couchés, bavardages sur canapé. Cette demande, qui déboule sur la table, entre les verres. On a trouvé l'appartement de nos rêves. Un ancien atelier à aménager. Tellement lumineux. Il faut qu'on donne très vite la réponse. Très très vite. Et ils avaient avancé le montant à emprunter. Tu peux nous aider ? Clara s'était raidie. Je suis désolée, mais je ne peux pas traiter les dossiers de ma propre famille, je ne décide pas seule des conditions à proposer, il y a tout un circuit d'examen et de validation. En face d'elle, sur le canapé, une raideur aussi. Un recul. Élise s'était agitée, elle avait ramassé les verres et commencé à donner un coup d'éponge, en petits cercles concentriques nerveux. Christophe avait insisté. Tu es sûre ? On comptait sur toi. Notre banque a refusé, il paraît qu'on ne présente pas assez de garanties. Pas de revenus assez réguliers. Clara a expliqué encore qu'elle ne pouvait pas, pas même glisser le dossier à un collègue. Je suis vraiment désolée. Et on peut difficilement financer un achat immobilier dans un département aussi éloigné de notre secteur. Ça ne passera pas. La somme est vraiment élevée par rapport à vos revenus. Elle va prononcer le mot réaliste, mais elle le retient sur ses lèvres. Elle a répété désolée, plusieurs fois. La soirée au théâtre, Puck, Obéron et Titania, ce qu'elle avait envie d'en dire, cela n'intéressait personne.

Plus tard, du canapé-lit où elle tentait de trouver le sommeil, elle les a entendus dans la cuisine, dans les tintements de la vaisselle. La voix d'Élise. Sifflante. C'était bien la peine, franchement, c'était bien la peine !

Elle a mis du temps à s'endormir. Il y a des lames de rasoir entre eux. Cette nuit de novembre dans la forêt. Peut-être la seule chose qu'ils aient vécue ensemble, et elle est toujours là, après tant d'années. Le souvenir de leurs corps tremblants près de la voiture détruite, à vérifier le fonctionnement de leurs bras, de leurs jambes, à retrouver leur souffle. Le blouson de Christophe jeté sur ses épaules à elle. Allez, viens.

La dernière fois qu'ils se sont vus, Christophe lui a rappelé que c'était elle, la préférée de leur père. C'était toi, sa princesse, avec les cheveux de maman, les yeux de maman. Moi, après le bac, j'ai dû prendre un prêt étudiant, me débrouiller, la photo, ce n'était pas sérieux, pas un métier. Et pareil pour Élise, elle n'était pas la belle-fille de leurs rêves, et elle ne l'est toujours pas. Pas assez souriante, pas assez chic, ou je ne sais quoi. À peine polis avec sa famille le jour de notre mariage. Alors merde.

Clara s'était tue. Cette dette, ce n'est pas aujourd'hui qu'elle va la régler. Et elle se dit qu'elle n'y est pour rien. Elle sait gré à son frère de son silence sur cette nuit-là, mais, aujourd'hui, ça n'a plus de sens. Christophe est resté bloqué sur ce moment, le poids du bras de son père qui l'écarte et le repousse contre le mur pour passer pèse encore sur lui, il se revoit vaciller, la tête douloureuse, les membres glacés, sans même pouvoir croiser son regard. Il s'est souvent demandé si cet homme était réellement son père. Si peu de ressemblance entre eux, à tous points de vue. Et ses yeux clairs, presque gris, il ne sait pas à qui il les doit. Pas à ses parents, et sur les photos de famille qu'à une époque il scrutait inlassablement, il ne les a jamais retrouvés. Il a questionné sa mère. Un mur. Maintenant, il ne cherche plus à savoir.

Au matin, Clara était prête lorsqu'ils sont sortis de leur chambre. Canapé en place, tout replié avec soin. Elle a dit qu'elle devait prendre un train plus tôt, et récité un mauvais prétexte. Élise n'a rien dit. Christophe lui a tendu un café. Tiens, ne pars pas sans rien, quand même. Merci, vous embrasserez les petits pour moi. Ils vont être déçus de ne pas te voir, tu sais. Là encore, elle n'a pas répondu. Elle a reposé la tasse à moitié pleine, encore chaude, et enfilé son manteau. La clenche de la porte derrière elle, sèche, mate.

Elle se réveille, c'est bien sa chambre, mais elle ne sait pas quelle heure il est. Derrière les rideaux, derrière les volets, il fait grand jour. Elle ouvre la fenêtre, l'air vif l'empoigne, la gifle, elle respire un long moment. Comme une sève qui s'insinuerait en elle, jusqu'à la moindre cellule, la moindre alvéole, le moindre capillaire. Une envie, soudain. Marcher. Voir la mer. Pourquoi maintenant ? Pourquoi aujourd'hui ? Elle ne saurait dire. Mais c'est là.

Le lendemain, elle prend le train, elle se glisse dans le fracas, dans la rumeur de la gare, dans l'odeur tiède des quais. En descendant du wagon, elle se hâte, il est encore tôt dans la matinée. Ne pas perdre de temps. Comme un rendez-vous, quelque chose qui n'attend pas. Une impatience.

Elle atteint le remblai, il n'y a pas grand monde, quelques coureurs à pied, tee-shirts fluo, écouteurs aux oreilles, quelques silhouettes qui promènent leur chien, un camion de gaufres et de crêpes qui s'installe sans se presser, on est hors saison. Elle descend sur la plage, ce qu'elle veut c'est être au plus près de l'eau, toujours plus près, à mouiller ses baskets, à la lisière des vagues, là où elles déposent leur ourlet d'écume. C'était un jeu d'enfant, naguère, attendre l'avancée ultime de la vague et reculer très vite pour ne pas tremper le bas de son pantalon. Elle marche, vent de face. Puis retour, vent de dos qui la porte, qui la pousse. Elle a faim. Elle s'arrête au camion et achète une gaufre dont le sucre glace se répand en poudre brillante sur sa parka.

L'après-midi, elle retourne sur la plage ; au calme de la matinée succède une étrange agitation. Le ciel est envahi de baleines et de crocodiles. De tigres et d'étoiles de mer. De fleurs et de dragons. Au-dessus d'eux, encore plus haut, les nuages. Le ciel est saturé de couleurs. Il ressemble à un océan inversé. L'exubérance, la profusion des cerfs-volants qui s'y frôlent est une allégresse, une surprise qui l'étourdit.

Cette plage ressemble à celle de son enfance, celle des premiers pas, des premiers jeux, des premières brasses, des premières *tasses* d'eau salée, âcres, de celles qui font tousser et raclent la gorge. Elle revoit une scène qui jaillit de sa mémoire à l'instant. Ses parents lui avaient offert un cerf-volant, quelques grammes de bois et de nylon, des rubans qu'elle avait démêlés avec soin. En fin de journée, lorsque la plage s'était vidée, elle était descendue avec son père. Après avoir tant désiré ce jouet, c'était le cœur battant des premières fois. Découverte de la bobine de fil qu'il faut enrouler ou dérouler avec rapidité sur son support de bois sans l'emmêler ; son père avait tenu le cerf-volant à bout de bras, puis l'avait lâché. Les premiers essais l'avaient piteusement ramené au sol, planté net dans le sable.

Clara avait froid, aux mains, aux pieds. Elle donnait trop de fil, ou pas assez ; il fallait reculer, courir, lever les bras, lui faire prendre de la hauteur, l'embarquer dans le vent. Et victoire. Il avait fini par voler. Les rubans battaient l'air de leurs volutes capricieuses, puis claquaient comme des voiles quand le vent s'intensifiait. Dans ses mains crispées sur la bobine, dans ses épaules raidies, elle avait senti tout le poids du cerf-volant, il lui fallait résister, s'arc-bouter ; ses pieds griffaient le sable froid, elle avait les cheveux dans les yeux, le nez qui coulait. Peu à peu, elle avait tenté de ramener ce qui était devenu un simple point de couleur au-dessus de sa tête. Impossible de le faire descendre. Son père avait pris le relais, elle avait regardé ses mains rougies, striées de blanc par l'effort. Elle avait regardé la virevolte des rubans sur le ciel bleu, les nuages en leur long ralenti, l'ocre foncé du sable, l'ombre de son père étirée en une forme étroite et anguleuse, attentif à faire revenir le cerf-volant, doucement, comme un animal qu'on apprivoise, sans casser le fil.

De toutes ces vacances marines, de ces longs étés rythmés par le flux et le reflux des marées, par la sirène des ferries en partance pour l'île, en face, au loin, elle se souvient que rien n'était définitif, ni l'éclat solaire d'une matinée, ni la cendre d'un ciel ou le rebond des gouttes de pluie sur les toits d'ardoise. Elle se souvient de ces états changeants, gouvernés par les mouvements mystérieux de l'eau et de la lune, auxquels chacun se soumet avec fatalité en attendant l'embellie. Elle se souvient des mots de son père devant sa mine dépitée, alors qu'elle espérait plein beau temps et que le ciel se mettait à verser avec rage. Tu sais, Clara, c'est comme ça, la vie, tout change, tout glisse et rien ne dure. Elle ne comprenait pas, s'énervait de ces paroles qu'elle trouvait sentencieuses, énigmatiques et désespérantes, pour elle qui ne demandait que quelques heures de beau pour lire sur le balcon ou organiser un pique-nique. Elle se dit que si tout change, tout glisse, alors les nuées moroses ne vont pas stagner sans fin au-dessus de sa tête.

Dans le train du retour, elle regarde ses baskets humides, drapées d'une dentelle friable de sable. Dans une de ses poches, elle sent la douceur fraîche du galet qu'elle a ramassé sur la plage, un œuf parfait, anthracite, strié d'un long trait blanc. C'est celui-là qu'elle a choisi, et aucun autre. Elle est presque seule dans le wagon. Elle pose sa parka sur elle comme une couverture. Ferme les yeux. Elle voulait faire des photos, elle a oublié.

Elle entre dans sa salle de bains où le linge sale déborde de la panière en vannerie. Comme un accablement, soudain. Elle se met à genoux et commence à trier, le clair, le foncé, le fragile. Elle glisse l'un des tas dans le tambour, verse la lessive et l'adoucissant, règle la température. Lance le programme. Elle aime cette activité domestique, mettre en marche le lave-linge. Elle aime ce ronronnement rassurant et se dit qu'il n'y a guère que cela qui tourne rond dans sa vie.

Elle s'assied devant en tailleur et regarde le mouvement circulaire et nonchalant de ses vêtements à travers le hublot, un kaléidoscope géant bordé de mousse blanche, avec ses accélérations, ses ralentis, ses hésitations, ses emballements. Puis l'odeur du linge propre, essoré. Tout semble remis à neuf, effacé, rincé. Une absolution. Elle aimerait qu'il en soit ainsi de sa vie, et aussi de la terre entière, et que tout tourne ainsi, dans un mouvement orbital parfait et infini.

IV

Cigale, ma cigale,
Allons, il faut chanter,
Car les lauriers du bois
Sont déjà repoussés.

Cécile l'a appelée hier, comme elle le fait parfois ; des mois peuvent s'écouler entre deux appels, et aux premières syllabes échangées, la distance est abolie. Cécile, l'inséparable du lycée. Les vacances dans le Sud, les histoires de garçons, les rêves partagés. Et puis des éloignements, la vie qui va, et tout ce qu'on n'arrive plus à confier, aussi.

Clara a été son témoin, dans cette chapelle romane aux tuiles roses, un samedi de juin, aussi émue que la mariée. Cécile vit à la campagne, deux enfants, un mari agriculteur, du travail, des inquiétudes, des incertitudes, mais elle s'est enracinée là, avec Bertrand, et s'en trouve bien. Elle sillonne le secteur comme infirmière, beaucoup d'heures et de kilomètres, tous les deux debout à l'aube. Pour elle, les pansements, les toilettes, les prélèvements et les piqûres.

Cécile ne savait pas, pour Clara. Elle lui a arraché les mots, avec patience, pour comprendre. Tu ne vas pas rester comme ça, dans tes trente-cinq mètres carrés, vue sur parking, à regarder pousser ta plante verte. Tu viens à la maison, tu restes le temps que tu veux. Prends le train si tu ne tiens pas à conduire, j'irai te chercher à la gare. Et ne discute pas. C'est comme ça.

Clara laisse échapper un d'accord qui la surprend et la soulage. Elle demande et Bertrand, ça ne va pas l'ennuyer que je sois là à ne rien faire ? Ne t'inquiète pas, on te trouvera de l'occupation, si c'est ce qui te tracasse. Clara se surprend à sourire. D'accord, je viens en voiture. Oui, je serai prudente, la route est longue, je sais.

Elle repose son téléphone et réalise qu'il va falloir préparer ses affaires. Une bouffée d'excitation inattendue la traverse. Si elle réfléchit trop, si elle ne se met pas tout de suite en mouvement, l'élan va retomber, elle se rassiéra sur son canapé, à régner sur sa seule télécommande. Elle se lève, sort un sac de dessous son lit. Elle a dit oui, maintenant il faut y aller.

Ce qu'elles ont été l'une pour l'autre. Fusionnelles. Essentielles. Disjointes. Retrouvées. Deux embarcations qui vont leur vie, s'éloignent, reviennent. Entre elles, les années d'apprentissage, à brûler un temps qui ne reviendra jamais, un temps nacré par l'éclat du jeune âge, parfois troué d'indéchiffrables chagrins, qu'il faut vite enterrer, parce que la jeunesse ne veut que la grâce de la vie.

Elle jette dans son bagage en toile deux pantalons, quelques pulls et tee-shirts, des chemises en jean, sa trousse de toilette, des chaussures de sport, le livre commencé, son chargeur. Pour combien de temps part-elle, elle l'ignore. Qu'est-ce que je leur apporte ? Qu'est-ce qui leur ferait plaisir ? Elle se souvient de Bertrand gourmand, pourquoi pas des macarons et une bouteille de bon vin. Pour Cécile, des boucles d'oreilles, peut-être aussi un joli rouge à lèvres. Pour Théo et Benjamin, des tee-shirts de l'équipe de France. Si ses souvenirs sont bons, ça devrait marcher. Quelque chose la pousse hors d'elle-même. Elle partira demain matin, après avoir fait le plein et lavé le pare-brise. Peut-être ira-t-elle jusqu'à laver la voiture, la confier aux rouleaux nettoyants. Ça aussi, c'était un jeu, enfant, rester à l'intérieur, effrayée et ravie, pendant que les jets, les brosses et le savon enlaçaient la carrosserie. Elle veut du propre, ne pas arriver comme un oiseau blessé, ne pas faire pitié. Non, surtout ne pas faire pitié.

Il fait à peine jour lorsqu'elle traverse la ville pour rejoindre l'autoroute. Au ras d'un passage clouté, elle freine pour laisser passer un homme qui s'est engagé sans regarder. Un type les épaules en avant, comme s'il allait enfoncer une porte, celle du jour qui se présente là, ce matin, tout neuf encore. Elle le regarde traverser, costume correct, porte-documents en cuir noir, portable à l'oreille. Elle pense à cette expression, fendre l'air, c'est un peu ça, mais avec quelque chose de plus brutal, quelque chose d'une violence encore tenue qui va s'amplifier dans les heures à venir, une espèce de hâte, d'étanchéité à tout ce qui pourrait ralentir sa conquête.

Elle le suit du regard, redémarre sous les klaxons coléreux. Fugitivement, mais avec une acuité parfaite, elle se reconnaît dans cet homme qui va en découdre avec la vie. J'ai été comme ça, il y a longtemps, avec cette hâte, cette assurance, cette énergie qu'il ne fallait pas entraver, se dit-elle. Étrange de voir surgir devant soi l'exact reflet de ce que l'on a été.

Le ronronnement assourdi du moteur, le chauffage dans l'habitacle, la rassurent. Elle se dit que c'est peut-être ça dont elle a besoin, un grand berceau roulant, errant sur les vagues de l'obscurité.

La route, c'est son monde. Elle n'a pas eu d'hésitation, sitôt réveillée, pour se préparer, tout fermer, couper le chauffage, vérifier son bagage, ses papiers, éteindre et prendre l'ascenseur. Entendre Cécile, sa voix posée, a fait passer un courant d'énergie en elle ; elle se dit qu'il y a des êtres, comme ça, qui ont ce talent, ce don d'éclairer, d'alléger la vie de ceux qui les côtoient, qui savent adoucir les tracas qui leur sont confiés, parfois au risque de trop en porter eux-mêmes. Elle y veillera, en déballant son sac en vrac à ses pieds. Il ne faut pas abuser des natures généreuses, peut-être les miracles qu'elles dispensent pourraient-ils se tarir.

Dans leur duo, c'était Cécile la solide, la responsable, celle qui apprivoisait le réel, qui pensait à tout, aux détails insignifiants qui se révèlent majeurs. Parfois Clara lui reprochait son sérieux, elle qui n'était que fantaisie, improvisation, légèreté. L'inconséquence, à plusieurs reprises. Elle le sait et n'en est pas fière. Cécile l'a sortie de plusieurs histoires difficiles, des types qui s'accrochent, menacent ; elle a montré les dents alors que Clara était terrée chez elle, glacée de peur. Et puis, un matin d'avril, c'est encore elle qui l'avait conduite à l'hôpital, qui avait attendu sur le fauteuil en plastique et lui avait tenu la main. Ajusté l'oreiller, tendu un verre d'eau, raccompagnée chez elle. Oubli de pilule. Elles n'en ont jamais reparlé.

Clara a froid, d'un seul coup. Les panneaux d'autoroute promettent du café à vingt kilomètres. La campagne est plate, terreuse, piquetée de hameaux dans les lointains, parsemée de hangars, d'entrepôts. Ciel blanc et soleil pâle. La silhouette acérée d'une buse ou d'un milan, immobile au-dessus des champs. Un café, peut-être un croissant, pourquoi pas ? Il y a plus de trois heures qu'elle roule, c'est trop, elle le sent dans son corps.

Elle aime les stations d'autoroute, ces caravansérails qui rythment le passage des voyageurs, elle aime s'y attarder malgré la laideur des lieux, elle aime regarder les titres des magazines, les linéaires de biscuits, les armoires réfrigérées proposant sandwiches, salades et boissons, les gondoles débordant de produits régionaux, et puis les choses étranges, les accessoires de voiture, les peluches moches en velours mauve, les porte-clés, les tee-shirts à messages, les lunettes de soleil. Nous sommes en semaine, la fréquentation est modérée, des couples âgés, des commerciaux en costume, cravate relâchée. Au bout d'un couloir, la soufflerie du sèche-mains dans les toilettes, attention sol glissant, le panneau en plastique jaune est déployé, une femme sans âge en bas de jogging et blouse bleue passe la serpillière en longs gestes las. Clara avale son expresso, tend la main vers un croissant, demande un verre d'eau. L'échange minimum, s'il vous plaît merci au revoir. Elle ne désire rien de plus. Le jour l'attend.

C'est là, en elle monte cette hâte de l'arrivée, une lassitude tendue de nervosité. Ça sent l'écurie, dirait son père. Ce frémissement qu'elle contient en sachant qu'il faut maintenant redoubler de vigilance, la fatigue de la route s'est posée sur elle, sur ses yeux, sa nuque, ses épaules, le café est loin derrière elle, elle a faim. Péage de sortie. Ticket, carte bleue, elle quitte le grand axe balisé, finies les heures de survol autoroutier qui se ressemblent toutes. Encore quelques kilomètres, par sécurité elle a activé le GPS. Peu après, c'est un clocher qu'elle reconnaît, avec ses quatre pans et ses tuiles roses ; c'est la petite église du mariage de Cécile et Bertrand. Elle les revoit sortir sous le porche, sous les pétales de fleurs et les poignées de riz, heureux, comme surpris de voir tant de visages aimés autour d'eux. Elle revoit la cérémonie, le coussin pour les anneaux, les bancs en bois vernis, garnis de feuillages, la voilette sur le visage de Cécile, l'émotion de Bertrand à dire oui. Il se dégageait d'eux une onde de force, de joie, une ferveur qui l'avait fait frissonner. Elle se souvient combien, au dîner, elle s'était sentie seule dans ce décor éphémère de démonstration amoureuse. Elle n'était pas certaine de vouloir cela pour elle ; elle était allée marcher vers l'étang, en coupant à travers le petit bois, et de loin lui parvenaient les échos de la fête, les rires, la musique, le tintement des verres. Elle était heureuse pour Cécile, mais, pour elle, un amour, ça doit rester un peu secret.

La ferme est en vue, elle reconnaît le nom du lieu-dit, ou de la petite commune, les Treize-Septiers, un nom qui l'a toujours intriguée, avec ces deux chiffres symboliques accolés pour n'en faire qu'un. Un lieu magique, peut-être. Dans ses souvenirs, il faut tourner à angle droit, dans quelques centaines de mètres, déjà le GPS a renoncé, il suggère de faire demi-tour. Ensuite, après un kilomètre sur un chemin à peine carrossable, ce sera leur propriété. Elle revoit la cour carrée, cernée sur trois côtés par un corps de bâtiment en pierre blanche, dévoré de rosiers grimpants. Des roses rouges, presque noires, au parfum lourd, si sa mémoire est bonne.

Le choc. Moteur coupé, elle regarde autour d'elle. Elle se dit qu'elle s'est trompée, mais non, c'est là. Sur deux des ailes du bâtiment ancien, la tuile a été remplacée par des panneaux solaires qui les couvrent de plaques sombres. La cour a été en grande partie cimentée, et, à l'arrière, Clara voit s'étendre deux longs bâtiments, comme d'immenses hangars qui semblent menacer l'habitation. Pas le temps de se poser davantage de questions, Cécile court à sa rencontre, ouvre la portière, l'extrait de la voiture. Après l'embrassade, elles se regardent, chacune cherchant à deviner quelque chose dans les yeux de l'autre, quelque chose qui échapperait aux mots, quelque chose de caché par cet éclat de joie. Clara attrape son vêtement sur la banquette arrière, Cécile a plongé dans le coffre pour sortir le sac. Tu dois mourir de faim, viens. Je te montre ta chambre. C'est celle où tu avais dormi la dernière fois. Clara se laisse porter par ce courant chaud qui l'entoure, la soulève, la protège.

Dans l'entrée, elle remarque les chaussures des garçons, les blousons, la mallette d'infirmière de Cécile, ses bottes, les trousseaux de clés sur la console, le courrier, des listes de courses, tout ce qu'on abandonne dans ce sas, c'est un désordre joyeux, un amoncellement qui raconte la vie.

Elle reconnaît la chambre, lambrissée de blanc, dont la fenêtre donne sur le bois de bouleaux et l'étang. Ça n'a pas changé. Cécile a posé un bouquet de jonquilles sur le petit bureau, à côté des serviettes de douche. Je te laisse souffler, descends quand tu veux. Je ne reprends mes visites que ce soir.

Clara s'assied sur le lit et sort les cadeaux de son sac. Respire en regardant loin devant elle. Les arbres sont nus, la pièce d'eau apparaît dans son ovale incertain, cerné de roseaux. Elle se dit qu'elle a bien fait de venir.

Ce premier soir, à la fin du dîner, Cécile pose sa serviette et dit attends ! Elle revient avec une photo à la main, la glisse devant Clara et Bertrand, entre les assiettes et la corbeille de fruits. Tu te souviens ? La tête qu'on avait à cette époque ! Des bébés ! Et elle se met à rire. Clara s'est figée et fait des efforts pour n'en rien laisser voir. Elle déteste ce jeu du tu te souviens. Elle déteste les vieilles photos et tout ce qui va avec, les souvenirs et les regrets, le temps passé et le temps perdu, les amis oubliés et les amours mortes. A-t-elle réellement été cette adolescente au regard grave ? Elle s'imaginait plus pétillante, plus joyeuse, mais une photo, ce n'est qu'un instant arraché à des milliards d'instants, rien de plus, se dit-elle. Bertrand tend la main vers le cliché, amusé, et regarde successivement les deux jeunes filles sur le papier glacé, puis les deux femmes assises à table avec lui.

Son regard navigue entre ces deux temps superposés, hésite, revient, cherche quelque chose qui lui échappe, il ne sait pas quoi. Et puis si, il trouve. Le visage de Cécile s'est creusé, il s'est concentré dans son regard, comme si les yeux en avaient aspiré toute l'énergie, ses pommettes se détachent davantage. Je te préfère aujourd'hui, tu as l'air plus présente, dit-il en reposant la photo et en se levant pour débarrasser.

Clara ne sait que dire, elle fixe son double, un reflet oublié d'elle-même qui surgit là et semble lui demander des comptes. À l'inverse de Cécile, ses traits naguère aigus se sont dilatés, le regard a pris de l'assurance, mais c'est une certaine douceur qu'elle a perdue, et c'est cela qui la trouble. Elle se demande où, et comment elle s'est enfuie, cette douceur-là, avec les années.

Tu m'accompagnes dans ma tournée, demain ? Cécile le lui propose. D'accord, je t'attendrai dans la voiture pendant que tu feras les soins. Les garçons ne quittent plus les tee-shirts offerts, ils les gardent même pour dormir, ils lui demandent si elle sait aussi faire les gâteaux. Elle promet d'essayer.

Elle met du temps à trouver le sommeil. Depuis qu'elle est là, elle observe Bertrand, soucieux, taiseux. Courtois mais absent, ce n'est pas le souvenir qu'elle avait de lui. Une inquiétude dans le regard, le front tourmenté, le sourire rare. Oui, quelque chose a changé. La nuit d'avant, en se levant pour aller boire un verre d'eau, elle a vu la lumière dans son bureau, il était à son ordinateur, elle a regagné son lit sur la pointe des pieds.

Au matin, elle regarde se lever la brume d'eau au-dessus de l'étang, un voile translucide, irréel comme une danse de fées. Il fait encore nuit lorsqu'elles avalent leur café dans la cuisine, l'intérieur de la voiture est froid, hostile, il faut attendre pour que le chauffage se diffuse, permette aux corps de se détendre. Clara a gardé sa parka, son écharpe, tout ce qui peut la protéger. Cécile regarde la route, puis sa montre. Allez, c'est parti.

Clara observe Cécile, son profil qui émerge de sa capuche fourrée. Elle la retrouve, à peine, dans ses traits aigus, comme tracés à la pointe sèche. Combien d'années, depuis la dernière fois ici ? Au téléphone, sur les photos qu'elles s'envoient sur leurs portables, le temps ne s'écoule pas de la même façon, il manque la présence, la vibration, la chair, le souffle. Elle commence à la reconnaître, dans son sourire, quand elle plante ses yeux dans les siens, mais par instants il lui semble voir une version éloignée de son amie, et elle n'est pas tout à fait sûre que ce soit elle. Elle reconnaît sa voix, aussi, un peu grave, presque voilée. Cécile a mis les boucles d'oreilles offertes, et Clara les trouve un peu trop brillantes, un peu trop habillées pour cette tournée en campagne plate et grise, mais Cécile avait l'air ravie en les essayant. Clara remarque les petites rides au coin des yeux de Cécile, les rougeurs sur les pommettes, avec le froid, la peau sèche des mains, les ongles ras, le pansement sur l'index gauche. Cécile fixe la route qui se dessine devant elle, c'est une route de campagne étroite, avec des bas-côtés boueux et des traces d'engins agricoles sur la chaussée.

J'ai trouvé Bertrand silencieux, ça l'ennuie peut-être que je sois là ? Elle ne sait pas comment poser la question. Alors elle le dit le plus simplement possible. Non, non pas du tout, au contraire, il est content que tu sois venue, content pour nous qu'on se retrouve. C'est juste que... Elle passe sa main dans ses cheveux pour les lisser vers l'arrière. Son regard ne quitte pas la route. Tu sais, l'exploitation, c'est pas facile en ce moment. Sa voix tremble un peu, son menton aussi. Je ne sais pas comment on va s'en sortir. Avec les fruits on vient de faire deux mauvaises années. Bertrand a voulu passer au bio il y a deux ans. La récolte a été faible, les fruits n'étaient pas aux normes des distributeurs pour le calibrage, et on ne peut pas encore vendre au prix du bio, il faut plusieurs années, que les sols se régénèrent, avant qu'on soit labellisés. Les aides à la conversion ont été versées avec beaucoup de retard, on a dû emprunter en attendant. Ce n'était pas prévu. Et l'an dernier, avec la tempête, les filets anti-grêle ont été arrachés, un désastre. Les assurances tardent à payer. C'est pour ça que Bertrand s'est mis à faire de la volaille, ça rapporte pas si mal, mais il a fallu investir pour les bâtiments, faire les mises aux normes, on est loin de s'y retrouver pour le moment. Les emprunts sont lourds. Si cette année on ne voit pas le jour, il faudra hypothéquer la maison. Et après, on fait quoi ? Le début de la fin. Heureusement que je bosse, mais je ne peux pas faire plus, je ne peux pas faire cinquante kilomètres pour une prise de sang, une toilette ou une piqûre.

Cécile a garé en hâte la voiture sur le bas-côté. Elle s'essuie les yeux, le visage, elle se mouche comme une enfant, en faisant beaucoup de bruit, elle a le nez tout rouge. Désolée, je ne voulais pas t'ennuyer avec ça. Ce n'est peut-être pas l'idéal, te refaire une santé à la campagne, finalement. Je suis contente que tu sois là. C'est peut-être moi qui ai le plus besoin de toi, finalement. Elle s'est tournée vers Clara. Le visage nu, les yeux qui clignent pour chasser les larmes qui montent. Allez, on y va, ça sert à rien de se lamenter, il y a des gens qui m'attendent, c'est plus dur pour eux que pour moi.

Clara ne trouve rien à dire. Juste poser la main sur le bras. Elle la garde sur la manche du manteau de Cécile, des doigts elle pétrit son avant-bras. Elle voudrait parler, mais aucun des mots qu'elle pourrait dire ne parvient à sortir. Oui, on y va.

Mais qu'est-ce que la vie a fait de nous ? C'est avec cette question-là que Clara a passé la nuit. Des mots qui roulent sans fin dans sa tête, les billes d'un jeu infernal qui jamais ne s'arrête. Elle s'est assoupie au matin, comme on rend les armes. Lorsqu'elle regarde l'heure, la matinée est bien avancée. Dans la cuisine, Cécile est là. Rentrée de sa tournée à l'instant. Elle glisse une capsule de café dans l'appareil. Tiens, prends celui-ci, j'en fais un autre. Clara remercie d'un battement de paupières. Désolée, je ne voulais pas traîner ce matin et je me suis rendormie. C'est moi qui prépare le déjeuner et le dîner aujourd'hui. Je vais faire les courses. La douche attendra, elle file à sa voiture. Leur faire plaisir, c'est tout ce qu'elle demande.

Devant les linéaires du supermarché le plus proche, elle hésite. Elle renonce aux produits trop exotiques, trop coûteux, trop originaux. Elle ne vient pas faire la maligne, la citadine qui a les moyens. D'autant que la situation, de ce point de vue, n'est guère flambante. Une angoisse, soudain. Et puis, oui, elle se rassure, son cœur se calme, reprend son rythme lent. Inutile frayeur. Elle a prévenu la médecine du travail de son départ, pas question de se mettre en tort, ça n'arrangerait rien. Pas besoin de ça.

Elle repense à ce qu'elle est aujourd'hui, une âme défaite, une âme épuisée, fourvoyée. Elle veut appartenir à nouveau au souffle de la vie, quitter les rives du ressassement, des pensées mâchées et remâchées qui ferment son horizon. Ce qu'elle craint, c'est d'éprouver la haine, l'acidité de l'échec, l'amertume qui voile le regard, soude les mâchoires et écrase les commissures des lèvres. Elle craint l'indifférence, l'anesthésie, ce double vitrage entre la vie et elle.

Elle craint de renoncer, de s'habituer au voile mat qui recouvre ses jours. Elle craint de s'éveiller un matin en haussant les épaules et en pensant c'est comme ça, maintenant. C'est la vie. Sans allant. Sans élan. Elle panique. Où est la vie ? Où s'est-elle enfuie ?

Elle sursaute lorsqu'on la bouscule, un père avec un très jeune enfant installé sur le siège du chariot, un pardon madame énervé, son caddie est au milieu d'une allée, il gêne. Elle murmure une excuse et se dirige vers les caisses.

Une fois Clara de retour à la maison, Cécile l'aide à ranger. Les petits bonshommes magnétiques hirsutes et colorés, collés sur la porte du frigo, semblent se moquer d'elle. Mais à quoi tu joues, Clara ? Cécile la prend aux épaules. Tu ne crois pas que ça nous fait plaisir, à nous aussi, que tu sois là ? Accepte ce qu'on t'offre, juste comme ça. Mais merci, quand même. Allez, on accélère, Bertrand et les garçons meurent de faim. Cécile glisse un élastique dans ses cheveux, la lumière de midi éclaire les mèches autour de son visage. Clara la retrouve, aussi belle qu'au lycée.

Elle leur dit que ce dimanche, c'est elle qui va s'occuper des garçons. Les emmener à la piscine, et puis manger une pizza, ou autre chose, ce qu'ils voudront. Profitez un peu de votre journée. Joie, toute la soirée, dans la chambre des garçons. Jour de fête. Jour radieux. Jour d'enfance. La piscine est à vingt kilomètres. Cécile en a les yeux brillants, à les voir si excités. Vingt kilomètres, elle en a rarement le temps, le courage, l'envie. Elle aimerait bien, elle se promet que.

Depuis longtemps, Bertrand a installé dehors des balançoires et des jeux, ainsi elle peut les surveiller depuis la cuisine, mais ce n'est pas pareil. Il y a aussi un immense écran en face du canapé, et tous les dessins animés du monde, mais ce n'est pas pareil non plus. Le cinéma aussi est à vingt kilomètres.

Cécile a préparé deux sacs, avec les serviettes, celles avec les Batman, en éponge un peu décolorée, le gel douche, le shampoing, les vêtements de rechange, les bonnets pour ne pas attraper froid en sortant. Elle a aussi prêté un maillot à Clara, un de ces deux-pièces qu'on ajuste en serrant plus ou moins les cordons. Portières claquées dans l'étincellement du matin froid. Essuie-glaces pour chasser la buée, et musique à fond pour faire plaisir aux garçons ficelés sur la banquette arrière.

L'odeur du chlore, l'odeur de piscine. Pour Clara, c'est l'odeur de l'enfance. La sienne. Les entraînements trois fois par semaine, les compétitions le dimanche, sa mère sur le banc, autour du bassin, prête à lui tendre serviette ou boisson vitaminée. S'insérer dans la ligne, tenir la cadence, anticiper le virage, repartir en tirant loin sur les bras, et les battements de jambes, à peine, pour équilibrer. La légère torsion du corps pour dégager le bras et aller chercher l'eau le plus loin possible, les jours de plomb, les jours à la peine, les jours de glisse joyeuse, compter les carreaux sous l'eau, et le moniteur chrono en main à l'arrivée. Les dixièmes de seconde gagnés, ou perdus. Le geste à perfectionner, toujours, le tranchant de la main qui pénètre dans l'eau, le souffle à aller chercher, droite, gauche. Puis la douche brûlante dans les vestiaires, la mousse blanche du shampoing dont elle se frictionne tout entière. Au fond du sac, deux barres de céréales, une banane, une briquette de jus. Retour à la maison, et les leçons pour le lendemain. Et puis l'arrêt. Son entraîneur qui lui suggère de faire de la musculation. Beaucoup de musculation. Elles en font toutes, tu sais.

Tu n'iras pas loin si tu ne t'y mets pas. Elle n'a pas envie de ça, elle aime son corps étroit et sec, elle veut rester un voilier, pas devenir un porte-conteneurs. Un jour elle leur dit c'est fini. Elle a rangé ses coupes dorées et argentées dans son armoire. Ses parents n'ont pas compris.

Elle frémit en retrouvant cette odeur. Ferme les yeux. Elle accompagne les garçons jusqu'à leur vestiaire, les aide à se préparer, à passer à la douche. Prenez vos serviettes. Attendez-moi là, j'arrive.

Cette sensation oubliée. L'eau. Elle se laisse glisser, touche le fond carrelé du bout des pieds, remonte doucement. Refaire connaissance. Elle remarque que les garçons sont à l'aise, ils savent nager, plonger, aller chercher un anneau lancé au fond, c'est leur père qui leur a appris, découvre-t-elle. Matinée de jeux, insouciante. Autour d'eux, quantité de parents et d'enfants, cris, rires, disputes et musique de fond. Sous l'eau, elle retrouve le silence, elle se retrouve sirène. Il est tard. Et puis, avant de sortir, une envie, rien que pour elle. Un aller-retour. Elle installe les garçons sur un banc, enveloppés dans leurs serviettes. Vous ne bougez pas, je reviens tout de suite. Elle se hâte, coupable. Leur refait un signe avant de se glisser dans le bassin. Elle renonce à plonger, le maillot risque de ne pas suivre. Des pieds, elle repousse le mur du plus fort qu'elle peut, comme si elle voulait le renverser. Elle s'élance. La vie.

C'est Clara qui le lui a proposé. Veux-tu que je regarde ? On ne sait jamais. Elle s'assied au bureau de Bertrand, ouvre les dossiers qu'il a sortis pour elle, l'ordinateur affiche le récapitulatif qu'il lui a préparé. Elle hésite, regarde les couvertures cartonnées, les étiquettes. Elle se dit que c'est sûrement stupide, de croire qu'il y a une solution, quelque chose qui aurait échappé aux banquiers, aux comptables, à Bertrand, et qu'elle va être capable de débusquer ce qui ne va pas et leur sauver la vie. Elle attaque, les tableaux, les colonnes, les bilans, les contrats, les échéanciers. Terrain familier, et elle oublie que c'est la première fois qu'elle replonge dans ces papiers-là depuis mille ans.

Elle prend des notes, calcule, recalcule. Simulations. Projections. Variables. Taux. Délais. Conditions. Endettement. Bénéfices. Charges. Elle s'aperçoit qu'elle est à l'aise dans cette langue, qu'elle en retrouve vite les subtilités, les nuances. Elle voudrait trouver une erreur d'appréciation, quelque chose à renégocier, à rediscuter, quelque chose de favorable, une bulle qui redonne l'espoir, les couleurs. Elle cherche. Elle appelle Bertrand pour une précision, un détail qui lui échappe, une réalité qu'elle essaie de mieux comprendre.

Elle scrute les lignes, les colonnes, le grand océan de l'écran dans lequel elle s'est jetée tout entière. Elle ne trouve rien, rien de plus que dans les papiers déversés sur la table, répandus autour du cube en plexiglas qui affiche les photos des garçons et de Cécile sur toutes ses faces. Sur une terrasse, les cheveux éclaircis par le soleil, Cécile qui éclate de rire dans un tee-shirt rouge. Les garçons en short de bain, hilares, qui font de grands gestes, exhibant des dentitions pleines de trous.

Elle ne voit rien, tout a été pesé, millimétré, veaux vaches cochons couvées, tout est dans la boîte et n'en sortira pas. Elle ne sera pas la femme du miracle, parce qu'il n'y aura pas de miracle. Elle se dit que c'était trop de présomption de sa part, vouloir renverser le cours des choses. Il faudra qu'elle l'avoue à Bertrand, et il ne répondra rien. Les lignes et les colonnes sur l'écran, les chiffres figés dans leurs petites cases, il les connaît par cœur. Jusqu'à la nausée.

Dans la matinée, Clara est allée le rejoindre au milieu des pommiers, sous les tunnels de gaze blanche, elle lui apporte la thermos de café oubliée sur la table de la cuisine, celle que Cécile lui remplit avant de partir. Elle longe la haie qui conduit à la parcelle, s'émerveille de l'aubépine en fleur, et de l'amandier, en fleur aussi, à l'angle du grand hangar. Quelques nuées cotonneuses et irréelles, une fragilité suspendue, elle le dit à Bertrand, en citadine naïve qui s'émeut d'une fleur de pissenlit entre deux pavés.

Elle le voit hausser les épaules, de dos, en bottes dans sa cotte de travail verte zippée. Trop tôt, bien trop tôt, entend-elle dans un murmure maussade. Elle le voit, soucieux, à inspecter les bourgeons vert pâle, à peine teintés de rose. Merci pour le café. Ça va mieux, toi ? Cécile est contente que tu sois là. Et le silence, dans l'air coupant du matin. Pour les comptes, merci quand même d'avoir regardé. Excuse-moi maintenant, il faut que j'avance. Elle retourne vers la maison, elle a froid, serre autour d'elle la capuche de sa parka, elle se dit que le soleil est trompeur, comme tant d'autres choses qui brillent.

Du regard elle embrasse les champs, les arbres, le petit bois et l'étang un peu plus loin, elle se sent chez elle. Il faudra pourtant repartir un jour, prendre des décisions. Elle voudrait encore un peu de répit. Elle cueille quelques fleurs, les dernières jonquilles, recoupe les tiges rigides et les dispose dans un grand verre à la cuisine. Elle commence la préparation du repas du midi, Cécile a protesté, mais Clara y tient. Elle épluche des pommes de terre, le ruban terreux de leur peau se déroule sous ses doigts, elle les tranche en lamelles presque transparentes, jaune clair, comme les jonquilles, comme le soleil dehors, les allonge dans un plat beurré, du sel, du poivre, du lait presque à ras bord. Elle le glisse dans le four chaud, passe l'éponge savonneuse sur le plan de travail qu'elle a sali, regarde les traces humides briller sur le carreau clair, elle se répète qu'il va falloir reprendre la route. Elle ne sait pas laquelle.

C'est une étrange atmosphère qui l'accueille, ce soir, lorsqu'elle descend à la cuisine. Les garçons hoquettent, reniflent, visage rouge, gonflé. Cécile se tait, l'air fermé. Clara s'apprête à les laisser, d'un regard Cécile lui signifie qu'elle peut rester. Théo se précipite vers elle en criant Tommy est mort, et ses sanglots reprennent, trop violents pour sa minuscule cage thoracique. Tommy, c'est leur chien. Une race indéterminable, sans grâce, beige avec de grandes oreilles, un chien tout en longueur, il vous suit, tourne, retourne et attend que vous soyez posé pour s'asseoir à trente centimètres de vos pieds, une attente insensée dans les yeux. Elle caresse les cheveux des garçons, un geste qu'elle n'a jamais fait, comme si elle n'en avait pas le droit, elle caresse les joues, le mouillé des larmes tièdes sur le velouté de la peau, elle ne sait que dire. Benjamin, lui, se tient immobile, dans une raideur farouche, avec de la colère dans les yeux. Le camion. Il répète, le camion.

Cécile explique le drame. Leur chien a été heurté par le camion de livraison des aliments pour les volailles. Il a freiné, trop tard. De l'habitacle en hauteur, le chauffeur n'a pas vu surgir Tommy, éjecté sur le côté, tué net. Elle s'approche de Benjamin, l'enfant se dérobe avec brusquerie. Elle dit que Bertrand va l'enterrer demain, il est en train de creuser un trou près du cerisier. Tommy a été déposé au garage, enveloppé dans sa couverture. Le dîner se passe en silence, on n'entend que le tintement des couverts sur les assiettes, tous ont l'estomac noué, personne ne sait consoler les enfants. Autour de la table, Tommy manque. Bertrand tente de parler, le chauffeur était désespéré, il a des enfants lui aussi ; il comprend, il ne savait pas quoi faire.

Au matin, les enfants sont là, devant le sol creusé, devant le monticule de terre fraîchement retournée. Ils se blottissent autour de leur mère, Cécile reste silencieuse, Clara tient une main tiède et collante. Elle remarque que c'est Bertrand le plus attentif. Les garçons portent la gamelle de Tommy, avec l'autocollant en forme d'étoile à moitié décollé, et aussi les fleurs cueillies devant la maison, toutes celles qu'ils ont pu trouver, et ils posent ça, avec de gros hoquets, sur la couverture douce et pelucheuse d'où dépasse l'extrémité de quatre pattes raides. Bertrand fait signe de les éloigner, et déjà il commence à pelleter, doucement, comme pour ne pas blesser l'animal, puis à gestes de plus en plus rapides. Venez, maintenant. C'est Clara qui les prend par la main et les écarte. On est samedi, elle propose de les emmener en ville, une promenade, leur changer les idées, ce qu'ils voudront. Un ciné, peut-être.

Bertrand prend ses fils par le cou, ses mains larges, pesantes, sur leurs épaules maigrichonnes. Merci, Clara. Tu sais, Cécile, elle voit des trucs pas faciles tous les jours, en ce moment elle a des patients qui ne vont pas bien et qui ne veulent pas entendre parler de l'hôpital. Quand elle ouvre leur porte le matin, elle ne sait pas ce qu'elle va trouver. Alors là, elle a du mal. Allez, les garçons, Clara vous emmène. Il finit de tasser la terre sous ses pieds et fait rouler une grosse pierre ronde sur la surface remuée. Déjà, il s'éloigne, la pelle à la main.

Dans la voiture, les enfants se détendent un peu, aux larmes succède la faim. Clara s'arrête dans un café en bord de route, un routier où la patronne en chignon et tablier s'applique à écrire le menu du jour sur la grande ardoise qu'elle vient de poser devant la porte. Elle commande du chocolat chaud et des croissants. À ce moment-là, il lui semble découvrir combien les deux garçons sont différents, alors qu'elle les avait crus si proches, si semblables, dans leurs jeux, dans leurs goûts. Si différents dans leurs réactions, dans leurs émotions. Théo parle, Benjamin se tait. Elle les imagine, plus tard, devant les épreuves, l'un qui défie le ciel, l'autre qui serre les dents.

Elle sait qu'ils n'auront pas la même vie, que les chagrins creuseront des torrents chez l'un, qu'ils ruisselleront chez l'autre. L'un gémira, criera, prendra le monde à témoin, puis il séchera ses larmes, et la vie continuera ; l'autre les enfermera dans un espace lointain, dangereux comme un bloc radioactif. L'explosion sera pour plus tard, ou pour jamais, et elle le rongera de l'intérieur. Elle tente pour l'heure de les envelopper de douceur ; au cinéma, ils arrivent juste pour la séance du dessin animé. Elle achète un seau de pop-corn, et c'est la nuit dans la salle, et c'est une histoire vive, colorée, qui les emporte tous les trois loin du chien aux pattes raides qui dépassent de la couverture.

Cet après-midi, Cécile lui propose de sortir, d'aller voir cette abbaye, par exemple, au milieu des prés, à quelques kilomètres de chez eux. Elles prennent la voiture de Clara et s'esquivent. À l'accueil, elles achètent leur ticket et entrent en silence.

Clara se dit qu'elle voudrait trouver un lieu où poser ce qui la transperce. Pour s'asseoir et écouter le silence. Au portail, le monde a freiné sa course. Il a posé les armes, le bruit, les désirs. Ici, il y a les arcades du cloître, leur espacement parfait, un jardin, une fontaine en pierre érodée. Le vide, le plein, le tout. Par moments, au détour d'une allée, d'un couloir, elle devine la silhouette grise, furtive, d'une moniale. À quoi ressemble sa vie ?

Cécile lui confie qu'elle vient, de temps en temps, seule. Ici les lassitudes se posent pour un temps qu'on ne peut mesurer, il n'y a ni horloges ni miroirs, seulement le temps consenti d'un abandon. Clara se sent comme un papillon, un éphémère dans la paume de la main. Elle pose ses pas sur les dalles usées, dans les traces d'autres pas. Elle se dit qu'elle est l'une de ces traces.

Retrouver sa vie. Oui, mais pas celle-ci, une autre, une neuve, régénérée, une nouvelle, une qui sortirait d'une chrysalide dans une mue éclatante. Depuis quelques jours, cette certitude qui l'étreint et la terrifie. Son travail. L'agence. Elle n'y retournera pas. Non, elle n'y retournera pas. Si elle ferme les yeux, elle revoit son box, la moquette, l'écran, les deux fauteuils aux accoudoirs chromés, quelque chose s'affole en elle, un moineau entré dans une pièce et qui se tape contre les vitres, une envie de se dissoudre dans un angle, de se confondre avec le mur et le carrelage, de tout oublier.

Puis les mots de Cécile, hier soir. Elle est venue dans sa chambre, après dîner, les doigts légers qui toquent à la porte, je peux ?

Les voilà toutes deux sur le lit, face à face, entre les coussins, dans le cercle doré de la lampe de chevet. Tu te souviens ? On passait des heures à rêver nos vies. Tu voulais voyager, tu avais passé le diplôme pour enseigner le français à l'étranger. C'était ta passion, les langues, les voyages. Tu avais trouvé un boulot à l'étranger, tu y as renoncé. Et puis après, ton BTS de compta, la boîte de crédit, je n'ai pas compris. Je n'ai jamais osé te le dire, parce que ça avait l'air de bien marcher pour toi, finalement. Et puis à cette époque-là, on s'était un peu perdues de vue, c'est vrai. J'ai su plus tard, pour ton père. Mais aujourd'hui tu peux tout recommencer. Qu'est-ce qui t'en empêche ? Tu es libre. Vole !

Cécile remonte la couverture d'appoint sur ses épaules. Moi, j'aime ma vie ici. Malgré tout. Je n'ai jamais été une aventurière, tu le sais. Le matin, je sais qu'on m'attend, ça compte. Et puis Bertrand, les garçons. On s'accroche pour eux. On va tenir, pas le choix. Promets-moi de revenir nous voir. Bonne nuit, Clara. Leurs cheveux qui s'emmêlent, leurs yeux trop brillants, des lucioles dans la nuit. Cécile a déjà disparu.

Le sommeil se fait attendre, un animal capricieux, rétif, qui se dérobe au moindre effleurement. Les mots de Cécile. Au bout du lit, les coussins portent encore l'empreinte de son corps. Les pensées de Clara se mettent à tourner, c'est un manège devenu fou, hors contrôle. Lorsqu'elle ferme les yeux, c'est pire, la pièce entière tourne et elle avec, dans une oppressante sensation d'ivresse. Elle voudrait calmer ses pensées, les apprivoiser, là, tout doux, mais pour l'instant elles ressemblent à un vol d'oiseaux qui lacérerait le ciel, ou à des grêlons qui taperaient au carreau jusqu'à le faire éclater.

C'est la fraîcheur du matin qui la réveille, la couette a glissé au sol, et la lampe de chevet est toujours allumée, elle veille sur la coupe en porcelaine blanche, striée, où elle dépose sa montre, sur son livre en cours, celui où le printemps sent le lilas sur la place Rouge, et sur le minuscule ours en peluche qui lui tient compagnie. Elle ramène sur elle le tissu imprimé de rangées de pois gris et bleus, tend le bras pour éteindre la lampe. Elle ne se rendormira pas, un courant électrique la parcourt tout entière, une impatience qui se lève comme le vent en mer, le soir. Une impression, fragile mais têtue, qu'il existe une rive quelque part, désormais.

Les hirondelles sont revenues, des fusées noir et blanc qui entaillent le ciel en tous sens, elles ont retrouvé leur nid accroché sous le toit de la grange. Cécile en fait la remarque, et ce retour lui donne le sourire.

La ronde des hirondelles. Clara revoit ces soirs d'été chez ses grands-parents, lors de ces semaines lentes et paresseuses dans la maison au carrelage frais, brun-rouge, parfois ébréché, elle se souvient du temps passé à explorer des chambres inutilisées aux étagères garnies de livres aux pages jaunies et de poupées en plastique rigide, les yeux à demi fermés, accompagnées d'un cortège de mouches mortes depuis des siècles, prêtes à s'évanouir en poussière au moindre courant d'air. Clara se revoit ouvrant des armoires gigantesques remplies de draps en lin blanc, lourd et craquant.

Elle aidait sa grand-mère à étendre le linge sur une terrasse à l'arrière de la maison, en surplomb du jardin. Avec le plus grand sérieux, Clara lui tendait les pinces en bois blanchi par le soleil d'innombrables étés, lui passait les pièces de tissu mouillé qu'elle pouvait tenir sans les laisser échapper, les torchons, la lingerie, les mystérieuses combinaisons de l'aïeule en nylon chair, bordées d'un liseré de dentelle synthétique.

En fin d'après-midi, la chaleur passée, c'était l'heure magique de la ronde des hirondelles. Tournant en larges cercles au-dessus de leurs têtes, piaillant et fonçant comme des missiles en folie, elles semblaient piquer sur elles à chaque passage. Hypnotisée, Clara ne voulait plus redescendre. Il fallait que sa grand-mère se fâche, menace presque, pour qu'une fois sa bassine étendue, elle parvienne à lui faire quitter cette dalle de ciment pourtant peu hospitalière, avec son armature rouillée affleurant par endroits.

Toutes ces images lui reviennent en tête, en un fulgurant dévoilement. Et puis, une année, ces vacances tant attendues n'ont pas eu lieu. Collée un soir à la porte du séjour, Clara avait saisi des mots sans pouvoir tous les relier entre eux, ni en saisir tout le sens. Plus possible, plus sa tête, vendre la maison, appeler l'agence. Elle avait mordu son poing jusqu'au sang et remonté l'escalier sur la pointe des pieds. Le peu qu'elle avait compris était déjà trop. Ces vacances ne seraient plus jamais. En un instant, elles avaient glissé de la vie présente, de la vie tangible, de la vie vivante au grand océan des souvenirs.

Viens, Clara, viens, on va cueillir les framboises. Tiens, prends le panier. On fera une tarte après, tu m'aideras. Tu veux bien, tu m'aideras ? Au milieu de l'insomnie, Clara se souvient de la voix fluette de sa grand-mère. De ces trois étranges mois passés chez elle, juste après les vacances de Pâques, l'année de ses huit ans. Son père l'a conduite là-bas, chez ses propres parents, un dimanche matin. Leur mère a quitté la maison la semaine d'avant. Il se retrouve seul avec les deux enfants. Christophe peut se débrouiller, mais Clara ? Comment faire avec la petite en travaillant ? Leur mère les a embrassés un matin, les a serrés fort dans ses bras, elle a mis les goûters dans les cartables, à bientôt mes chéris.

Pourquoi pas *à ce soir*, comme d'habitude ? C'était le seul indice, en refaisant l'histoire. Bientôt, ça a été trois mois plus tard. Le père qui ne dit rien. Les enfants comprennent vite qu'il ne faut pas poser de questions, qu'il faut se faire oublier. Ranger sa chambre, faire son lit et tout bien mettre au lave-vaisselle. Les tee-shirts, ils feront trois jours. Pas grave. Si je suis sage, maman reviendra plus vite.

Un mystère qui dure trois mois, avec le retour de leur mère juste avant la sortie des classes. Un peu amaigrie, visage impénétrable, regard sombre, intense. Des vêtements qu'ils ne lui ont jamais vus, plus élégants, plus recherchés qu'à l'ordinaire, les cheveux plus courts, du vernis rouge sombre sur les ongles. Pas d'explication. Elle les serre tous deux très fort contre elle, bien plus fort que d'habitude, Clara peut à peine respirer mais pour rien au monde elle ne s'en plaindrait. Tu sens bon, maman. Ce parfum retrouvé, unique, mélange d'eau de toilette légère et de pâte à gâteau, qui la rassure et la délivre de toutes les terreurs. La vie recommence, comme si cette absence n'avait jamais eu lieu.

En attendant ce jour, Clara va à l'école du village, c'est son grand-père qui la conduit et vient la reprendre, dans la voiture qui sent le chien et le tabac. Allez, grimpe, petite ! Sur le chemin du retour il s'arrête au café du village, présente la gamine à la ronde, tout fier, avale son verre de blanc et remonte en voiture. Tu ne dis rien à grand-mère, promis ? Oui, bien sûr, promis. Allez, roule.

Clara aime l'édredon en plumes recouvert de tissu rouge, elle aime disparaître entière en dessous, c'est un nid, une grotte, une tente, selon les jours. Elle aime les magazines empilés sous la table de la télé, qu'elle feuillette avec sa grand-mère. Ensemble, elles donnent des notes aux robes photographiées, remplissent les grilles de mots fléchés. Elle revient quand, maman ? Bientôt, ma chérie, bientôt. La main, sèche, un peu râpeuse, qui lui caresse la joue, replace une mèche derrière l'oreille. Et si on faisait un Monopoly ? Avec eux aussi, elle comprend qu'il ne faut pas trop poser de questions, les visages se referment. Clara, descends vite, c'est papa au téléphone ! Il appelle le dimanche soir et elle dévale les escaliers, raconte sa semaine. Oui, tout va bien, j'ai de nouveaux amis. Ce soir on va faire des sablés au chocolat. Tu me manques, maman aussi. Toi aussi, ma princesse, tu me manques. À bientôt.

Ni Clara ni Christophe n'ont jamais su ce qui s'était passé. Ils n'en ont pas reparlé ensemble, comme si ramener au jour ce souvenir, c'était ramener aussi tout le gris de cette étrange période. Toutes leurs peurs égrenées la nuit dans le silence.

Elle n'en revoit qu'une chose. Un samedi en fin de matinée, la voiture du père qui surgit au bout de l'allée, le klaxon, la voix enjouée, plus qu'il ne le faudrait. Sa grand-mère qui l'attend sur le pas de la porte, immobile, visage soucieux, sourire forcé. Vous partirez après déjeuner, j'ai préparé le repas. Le silence et le tintement de la vaisselle. Bon, on y va, on a de la route. Va chercher tes affaires, ma chérie. Le sac de Clara est prêt, plus un autre pour contenir les magazines, quelques peluches supplémentaires, un vieux chapeau de paille. Les adultes s'embrassent avec gravité, elle ne comprend pas tout, ils parlent trop bas.

Elle aussi embrasse le vieux couple, et c'est difficile pour eux trois. Elle s'enfuit dans le jardin pour ne pas pleurer. Les yeux de sa grand-mère, trop brillants, son grand-père, soudain bien affairé, dans l'urgence subite à remettre une étagère d'aplomb.

Clara sursaute en s'extrayant de ce souvenir. Le visage de sa grand-mère, penché sur elle. Visage menu, parcouru d'innombrables rides fines, la peau douce, comme un tissu usé. Deux pendants aux oreilles, qui distendent légèrement les lobes ; deux petits brillants sertis en relief, griffés dans l'or blanc d'une monture chantournée. Les mêmes. Les mêmes que ceux de la cliente, à la banque, quelques jours avant le matin où.

Il est temps. Il faut partir, maintenant. Pour la première fois, Clara a envie de rentrer chez elle. Parfois, elle surprend le regard de Bertrand posé sur Cécile, et elle se sent de trop. Ou elle repense à Thomas. À sa façon de la regarder qui la désarme, à la longue cicatrice pâle sur sa cuisse gauche, celle qu'elle explorait des lèvres et de la langue, avec douceur, comme s'il fallait encore réparer, consoler cette chair naguère meurtrie. Hier dans la nuit, elle a reçu un SMS. Son cœur a tapé dans sa poitrine, comme s'il voulait jaillir et lui rappeler combien il palpitait fort, avec ses oreillettes, ses ventricules en action, son toum-toumtoum régulier qui résonne dans ses tempes. Son doigt a erré sur le rectangle grisé aux bords arrondis, longuement, comme si derrière le verre de l'écran, c'est sa peau qui palpitait sous son doigt.

Elle lit les regrets de Thomas, elle lit ses sentiments et sa maladresse à les dire, et c'est cela qui l'émeut le plus, cette sincérité qui ne sait trouver les mots. Elle se dit que c'est mieux ainsi, d'être loin, elle se sent plus forte, plus sereine pour lui répondre. Dans leur cadre familier, peut-être leur histoire reprendrait-elle son cours, avec quelques points de suture, il resterait entre eux une parenthèse de temps suspendu, celui de l'absence, des doutes, des distances, et ils n'en parleraient pas, ce serait entre eux un sarcophage clos dont le moindre descellement pourrait provoquer des émanations mortelles.

Au réveil, Clara va à la fenêtre et pose son regard sur le bois de bouleaux qui verdit, sur l'étang. Elle ouvre et tend son téléphone vers l'extérieur, à bout de bras. La photo qu'elle envoie à Thomas montre le haut des arbres nimbé de la brume vert pâle des premières feuilles encore enroulées sur elles-mêmes, et un ciel vif tendu de nuages clairs éparpillés, de longues échardes qui l'éraflent. Je vais mieux, Thomas, doucement, mais mieux. Notre saison est passée maintenant, regardons devant nous. Tendresse. Pour ce dernier mot, elle a hésité. En quelques secondes s'invitent le chagrin, la colère, l'incompréhension, l'épreuve du silence, mais c'est bien ce mot-là qui surgit sous ses doigts, elle n'y peut rien. Alors elle le garde. Elle pose l'index sur la flèche d'envoi et le message s'envole. En elle, une légèreté, aussi.

Elle veut rentrer. Elle va retrouver une boîte à lettres débordant de courriers administratifs, de convocations, il va lui falloir se plier aux rendez-vous, aux explications. La bulle douillette de l'amitié est un temps clos qui doit s'ouvrir maintenant. Elle veut se réveiller dans son lit, voir le jour se lever depuis sa fenêtre, retrouver ses gestes simples, ses rituels, ceux de la vie qui va. Elle veut remettre la main sur ses diplômes de langues, ceux d'enseignement du français comme langue étrangère, ils devraient être dans un carton, sur l'étagère du haut de sa bibliothèque, elle veut réfléchir à tout ça.

Et si c'était un leurre, une fuite ? Un rêve romantique et irréaliste ? Un truc d'étudiante attardée ? Est-ce qu'elle peut gagner sa vie avec ça ? Et puis, oui, les voyages lui manquent. Leur lenteur. Découvrir l'ailleurs, s'y fondre, c'est ce qu'elle aime. Rien ne la retient. Les mots de Cécile, c'est comme si on avait, d'un souffle, écarté la couche de poussière déposée sur sa vie.

Elle dit au revoir à tous les quatre, serrés autour d'elle, et l'on fait comme si c'était léger, ce départ. Elle prend la route dans la matinée. Elle a fait des promesses aux garçons, il faudra qu'elle les tienne. Dans la chambre, elle a défait son lit et déposé ses draps, ses serviettes, près de la machine à laver. La pièce lui est apparue nue, d'un seul coup, vidée de son passage, avec le matelas blanc et l'oreiller à l'air.

Elle part vite, le soleil, rouge incandescent, s'élève au bout des champs. Un souvenir, soudain, lui vient en mémoire, celui d'une masse rouge, comme celle-ci, brillante, en fusion. Enfant, lors d'une foire-exposition où son père les avait emmenés, son frère et elle, elle revoit, hypnotisée, la démonstration d'un souffleur de verre de Murano. Au bout d'une longue tige métallique, une boule de pâte de verre, souple, brûlante, qu'il étire avec une longue pince, à gestes rapides. Peu à peu la silhouette d'un animal, ou d'un vase, ou d'une coupe se dessine, la pâte s'éclaircit en se solidifiant. À l'aide d'une pince coupante, il détache l'objet de la tige et le pose auprès des figures déjà réalisées. S'il le trouve imparfait, il le détruit et jette les éclats de verre dans un seau plein de sable, puis se saisit d'une autre boule en fusion et recommence.

Clara se dit qu'elle aimerait la vie ainsi, une masse tendre, malléable que l'on façonne de son mieux, jusqu'au moment où l'on ne peut plus rien faire, il faudrait alors pouvoir la jeter, et recommencer avec une nouvelle donne, en s'appliquant davantage, en se montrant plus habile, en tirant les leçons d'un mauvais geste, ou simplement en se laissant aller à son instinct. Elle regarde le soleil monter et pâlir dans le ciel, et elle se dit qu'elle a peut-être trouvé sa façon à elle de se façonner une nouvelle vie, elle espère le faire avant que la matière en fusion ne se fige.

V

Entrez dans la danse,
Voyez comme on danse.
Sautez, dansez,
Embrassez qui vous voudrez.

Le sens inverse du voyage. Elle repart vers sa vie, il s'agit de ne pas laisser échapper cette trouée de lumière entrevue, un appel, une boussole faite rien que pour elle, qui saurait tout de ses envies, de ses reculades, qui lui proposerait une route, une flèche à choisir sur la rose des vents. Elle a faim de sa vie, de celle qui bat très loin en elle, dont elle perçoit la pulsation à travers une coque qu'il lui faut briser pour laisser jaillir la cascade.

Elle roule depuis longtemps. La faim, la bouche sèche, les épaules contractées, les mains crispées, jointures des phalanges pâles sur le volant. La vigilance qui fléchit. La voiture qui se déporte vers la voie de gauche. Rageur, un poids lourd la frôle en klaxonnant, elle sursaute. Le temps qu'elle réalise, le semi-remorque est déjà loin. Elle se gare sur l'aire d'autoroute la plus proche et incline son siège vers l'arrière, ferme les yeux. Il faut un moment pour que la tension retombe, que le corps se relâche. La peur, oui, la peur. Elle a froid, attrape son écharpe sur le siège passager, puis elle glisse dans un demi-sommeil.

Sur la place à côté d'elle, un groupe de motards vient de s'arrêter. Elle s'éveille. C'est fini. Bruits de moteurs, rires, discussions. Elle ouvre les yeux comme si elle sortait d'une trop courte nuit. Cet épuisement qui la prend aux épaules. Dormir. Dormir.

Les trois heures de route qui lui restent lui semblent une montagne infranchissable. Elle ne comprend pas. Ce matin, elle est partie légère, déterminée, et là, d'un coup, tout lâche de nouveau. Elle voudrait être ailleurs mais elle ne sait pas où. La peur de retrouver son appartement, soudain, plus d'échappatoires, plus de grandes idées, de vagues projets, plus de châteaux en Espagne. Elle va retrouver sa vie et il va falloir l'apprivoiser, à nouveau, réinventer ses contours pour la rendre vivable.

Des panneaux publicitaires proposent des hôtels à quelques kilomètres. Des chambres impersonnelles aux murs blancs et aux couloirs beiges. Des boîtes à sommeil, boîtes à oubli. Cette voix en elle qui lui souffle de s'arrêter. Elle frémit à l'image du poids lourd tout à l'heure, elle a failli faire une embardée en sursautant, elle repense à la masse, la vitesse, le mugissement furieux, appuyé, du klaxon. Un avertissement. Elle hésite encore, elle a déjà dépensé beaucoup d'argent, il va falloir être raisonnable maintenant, plus que raisonnable, elle redresse son siège pour redémarrer, et ce poids sur la nuque, encore, qui l'empêche de retrouver ses esprits, de se montrer présente, concentrée. Arrête-toi.

Chambre 215, elle jette son sac sur le fauteuil, dépose sa trousse de toilette à la salle de bains. Elle tire les rideaux en tissu raide, ouvre le lit et, dans la nuit qu'elle vient de s'inventer, elle tombe.

C'est la faim qui la réveille quelques heures plus tard. Elle boit au robinet, longuement, se rafraîchit et s'essuie dans la serviette en éponge blanche un peu rêche. Demain matin, elle laissera tout ça derrière elle, le lit défait, le linge humide, les échantillons de gel douche et de shampoing vides, ce léger désordre, ce froissé d'une halte imprévue.

Une brasserie jouxte l'hôtel, elle descend. Le serveur lui désigne une place étroite sur la banquette, dans un coin d'invisibilité qu'elle ne cherche pas à discuter. L'homme qui occupe la table voisine, un solitaire, voué lui aussi à une extrémité de banquette, pose son livre pour déplacer un peu sa table et la laisser passer. Il sourit, poli, machinal, lorsqu'elle s'excuse, et il plonge de nouveau sa fourchette dans un enchevêtrement de tagliatelles brillantes de sauce tomate. Clara fixe la couverture du livre posé sur la table, entre la corbeille de pain, le verre de vin, la carafe d'eau, le sel, le poivre, tout le chantier d'un repas en cours. Elle tend un peu le cou. Elle lit. *La piste des soleils*. Jack London. Autour d'elle, la rumeur, les conversations, les couverts qui choquent la porcelaine, elle s'étonne qu'il y ait tant de monde dans un endroit que nul ne rechercherait pour le plaisir. Il y a du mouvement, de la musique en fond sonore, un large écran télé où des clips agités se succèdent, si peu de silence. Les gens vivent, pense-t-elle. Elle continue de fixer la couverture du livre. *La piste des soleils*. Elle aime ces mots posés ensemble, même si elle ne comprend pas ce qu'ils veulent dire. Elle trouve ça beau. Peut-être, se dit-elle, qu'elle aussi, elle est sur la piste de ses propres soleils.

Elle voudrait demander à l'homme de quoi ça parle, mais il est affairé avec son plat de pâtes, et de toute façon elle n'osera pas. Et puis, qu'irait-il s'imaginer ? Elle l'observe, au passage. Brun, des cheveux très courts, presque ras, une écharpe gris foncé enroulée autour du cou, un mince lien en cuir au poignet, sous lequel elle devine une rose des vents tatouée, inscrite dans un cercle parfait, avec ses longues pointes qui partent dans toutes les directions. Le dessin est précis, net, harmonieux, l'encre semble fondue dans la peau de l'avant-bras. Elle regarde ses mains, encore. Il a fini ses pâtes, écarte l'assiette et reprend son livre. Clara l'envie. Elle craint qu'il ne sente son regard posé sur lui, alors elle s'oblige à se concentrer sur la salade trop copieuse choisie sur la litanie du menu et qu'on vient de déposer devant elle.

De retour dans sa chambre, Clara cherche au fond de son sac un morceau de papier. Elle ne trouve qu'un ticket de carte bleue, alors elle le retourne et écrit dessus, tant qu'elle s'en souvient, *La piste des soleils*. Elle appuie ensuite le front contre la vitre fraîche et regarde le bleu qui s'assombrit à chaque instant. Bientôt, tout est noir, elle fixe des yeux l'espace que découpe la vitre, entre les huisseries métalliques et les rideaux. Quelques arbres chétifs sur le parking de l'hôtel, les troncs enlacés de guirlandes allumées, des enseignes lumineuses, plus loin, vertes, rouges, violettes, dont elle ne peut lire les lettres, signes de vie au milieu de ce refuge pour naufragés. Derrière elle, posé sur le lit, son smartphone joue sa playlist de façon aléatoire. Soudain cette voix rauque, intime, qui la saisit au ventre. Barbara chante *Attendez que ma joie revienne*. Elle sursaute, ne se rappelle pas avoir ajouté cette chanson à sa liste. Que fait-elle là ? Ce n'est pas vraiment son goût ni sa génération. Puis elle se souvient. C'était l'une des chansons préférées de son père. Les jours qui avaient suivi son AVC, elle avait enregistré sur son baladeur quelques-unes de ses musiques préférées, Bashung, Joan

Baez, Leonard Cohen, l'andante du *Concerto pour piano n° 21* de Mozart et le *Concerto italien* de Bach, celles qu'elle connaissait, qu'elle avait entendues, enfant. Elle les lui avait fait écouter à l'hôpital, doucement, la main posée sur la sienne, alors qu'il errait dans ces espaces indéfinis entre conscience et inconscience, entre présence et abandon. Elle avait guetté les signes de réveil, scruté le tracé des moniteurs, épié son souffle et les moindres affleurements de vie sur son visage, jusqu'à ce que son regard émerge des limbes. Elle avait senti la légère pression de ses doigts sur son bras, et elle se souvient de cette sensation intense, indescriptible, qui l'avait portée comme une longue vague. Des années plus tard, elle avait entendu cette chanson à nouveau, et l'avait téléchargée sur son téléphone, comme ça, puis elle l'avait oubliée. Elle se surprend à sourire, le regard toujours posé sur les néons aux couleurs acides, comme un appel au loin.

Elle se réveille. Plus aucun repère. En face du lit, le voyant rouge de la télévision accrochée au mur semble la surveiller. Sur le parking, une portière claque, une voiture démarre, le faisceau des phares traverse l'interstice entre les rideaux. Est-ce l'homme de *La piste des soleils* qui reprend déjà la route ?

Le mot *soleil* tourne dans sa tête, elle ne parvient pas à le chasser pour retrouver le sommeil, il insiste et ne cède pas. Et puis. Une porte close qui s'entrouvre, peu à peu, de la clarté, derrière, comme les phares entre les rideaux. Une porte close derrière laquelle se tiennent deux enfants de dix ans.

Gazaleh. Un visage perdu dans sa mémoire, une présence qui reparaît avec une netteté croissante. Une semaine après la rentrée au CM2, cette nouvelle élève dans son école, dans sa classe. Arrivée en France quelques semaines plus tôt à peine, avec des vêtements étranges, des cheveux et des yeux noirs, brillants, intenses, le teint clair. Silencieuse. Elle ne parle pas un mot de français. Aux premières récréations, il y a les moqueries, les griffures, les bousculades. La gamine se défend comme un garçon, des poings, des pieds. Muette, toujours. Elles sont voisines, quelques dizaines de centimètres séparent leurs pupitres. Un crayon tombé et ramassé, un goûter oublié et offert, les menus gestes qui érodent le mur. Le début d'un pacte. Si tu veux, je peux te montrer. Clara avait fait la proposition, sans y avoir pensé une seconde plus tôt. Trouver avec elle un chemin pour les mots, une trouée pour entrer dans une langue inconnue. Après l'école, quelques rues à remonter ensemble, tout un territoire.

Cette ardeur à lui offrir les mots comme autant de poissons exotiques, colorés, bigarrés, tachetés, mouchetés, à l'inviter à plonger dans un fabuleux aquarium aux dimensions infinies et à nager ensemble au milieu d'eux. C'était sa façon de voir les mots, enfant, et c'est à cette danse joyeuse qu'elle avait invité Gazaleh : rien ne lui semblait alors plus important. Ce plaisir inégalé de lui ouvrir un passage secret vers sa propre langue, telle l'ouverture de la mer Rouge devant les pas de Moïse.

À Noël, Gazaleh parlait français et se révélait brillante. Ce regard profond et fixe, ardent, ces gestes lents, ces superpositions étranges de vêtements, tous s'étaient habitués. D'où venait-elle ?

La maîtresse, en l'accueillant, avait parlé de l'Iran et l'avait invitée à montrer son pays sur le planisphère. Jamais Clara n'avait été invitée chez elle. Elle n'avait jamais été plus loin que l'entrée du petit immeuble, carrelée de gris avec la rampe d'escalier en métal, les deux rangées de boîtes à lettres et les informations aux locataires punaisées sur un panneau de liège. Elle revoit la mère de Gazaleh qui lui sourit, yeux noirs et longs cheveux comme sa fille, elle la croise parfois à l'épicerie, quelque chose de bref et d'éclatant dans son visage, sans un mot. Son frère, au collège, réplique masculine de sa sœur, elle le croise parfois, aussi.

Inséparables. C'est ainsi qu'elles avaient passé l'année. Au début des vacances, elles avaient échangé promesses et cartes postales, impatientes de se retrouver au collège. Dans la dernière carte arrivée chez Clara, trouvée à son retour fin août, Gazaleh annonçait, en deux lignes, qu'elle ne serait pas là à la rentrée, qu'elle déménageait. Clara était restée muette, une pierre dans l'estomac, à tourner dans ses mains la carte en papier glacé, deux petites souris de dessin animé se tenant par la main. Elle revoit sa mère passer sa main dans ses cheveux, ne sachant que dire à sa fille.

De Gazaleh, elle ne possède que deux souvenirs : la photo de classe, elles y sont côte à côte, de même taille, sérieuses, le regard droit, debout au centre de la rangée du haut, montées sur un banc invisible ; et un miroir de poche glissé dans un petit sac de tissu matelassé. Le miroir est rond, de la taille de la paume de la main, enchâssé dans un cercle en argent repoussé, nervuré de traits qui figurent les rayons du soleil. Au dos, c'est un soleil entier qui se trouve tracé, auréolé des mêmes rayons souples. Gazaleh le lui avait offert quelques mois plus tôt, après avoir été invitée à la fête d'anniversaire de Clara. Elle était la seule à être venue les mains vides, simplement pour jouer, ignorante des usages sociaux déjà très élaborés qui régissent les fêtes enfantines. Ce n'était pas un cadeau acheté, c'était un objet à elle. Elle le lui avait glissé dans la main lors d'une récréation, le jour suivant, sans rien dire. Clara n'avait jamais rien possédé de si précieux, elle avait longuement cherché, dans sa chambre, la plus invisible, la plus secrète des cachettes pour son trésor dont elle ne désirait la contemplation que pour elle seule. Le miroir de Gazaleh est dans le tiroir de sa table de chevet, il a suivi tous ses déménagements, toujours à la même place. Devant le surgissement de ces souvenirs, Clara se revoit avec Gazaleh, toutes deux penchées sur leurs cahiers, le vrac de leurs trousses répandu sur la table du séjour, et elle qui cherche avec obstination comment tracer une voie pour son amie à travers cette langue qu'elle ne connaît pas et dans laquelle Clara désire, plus que tout, la faire entrer.

Elle revoit aussi cette rédaction qu'elles avaient écrite, chacune d'un côté de la table du séjour, chez Clara, dans le silence d'une fin d'après-midi ouatée, avec la pluie de février qui s'accrochait aux vitres. Quel animal aimeriez-vous être ? Racontez. Les deux têtes penchées sur les cahiers, au milieu des miettes du goûter, deux verres d'eau aromatisée de sirop posés devant elles.

Gazaleh voulait être un oiseau pour passer les frontières, voir le monde d'en haut, libérée de la pesanteur terrestre, pour jouer avec le vent. Elle ne connaissait pas le nom des oiseaux en français, alors elles avaient regardé dans un livre, une planche de photos en couleurs, elle avait hésité, l'alouette, le chardonneret, puis elle avait choisi le rouge-gorge. Tu as vu comme il est beau, Clara ?

Clara, elle, avait choisi l'hippocampe. Un cheval de mer cabré, quelques centimètres enroulés en crosse, une imperceptible ondulation au fond des océans. Deux yeux. Immenses. Un être fragile, aux allures de relique animée d'un règne animal très ancien. Un destrier marin tout en yeux, en trompe, enroulé en crosse sur lui-même, procédant par bonds verticaux imprévisibles et maladroits, à la merci du premier prédateur venu malgré ses talents de camouflage. Étrange animal, qui paraît voué à la contemplation d'un monde prêt à le dévorer.

Clara était tombée amoureuse des hippocampes. Depuis qu'elle en avait vu dans l'aquarium géant visité lors de ses dernières vacances, elle rêvait d'eux, s'imaginait parmi eux, dansait avec eux. Elle avait découpé des photos et les avait punaisées sur le panneau en face de son lit. Elle s'endormait en leur compagnie silencieuse, parmi les plantes marines agitées par le courant, bercée, apaisée, alors que les éclats de voix de ses parents lui parvenaient à travers sa porte. Parfois, quand l'endormissement tardait, elle se levait, pipi verre d'eau à la salle de bains, les pieds trotte-menu sur le carrelage froid, et l'irrésistible attraction de ces voix confuses aux fréquences mêlées, fusionnelles et opposées. Clara regagnait ensuite sa chambre, les mains sur les oreilles, et dans une ultime plongée aux côtés de ses chevaux de mer, finissait par s'endormir.

Au matin, autour de la table de cuisine, dans les effluves de pain toasté et de lait chaud, elle trouvait, selon les jours, deux visages de plâtre, épuisés, tendus, hostiles, ou bien un couple souriant, deux êtres attirés l'un vers l'autre par un mystérieux magnétisme. Elle se sentait alors de trop et s'éclipsait le plus vite possible, parfois sans terminer son déjeuner, ou attrapant une banane et des biscuits pour manger en route. L'odeur du lait chaud, un haut-le-cœur absolu depuis ce temps. Lorsqu'elle avait raconté ça à Thomas, il l'avait serrée très fort contre lui, en caressant ses cheveux. Elle sent encore la trace de ses doigts, leur mouvement régulier et consolateur, comme une gomme à effacer les chagrins.

Et puis la carte postale. Quelques mots brefs, abrupts et maladroits, le départ précipité, sans au revoir, sans adresse, qui avaient gâché la fin de son été, le dernier de l'enfance, et l'avaient plongée dans une mélancolie qui avait inquiété ses parents. Pendant de longs mois, en pensée, Clara demeurait avec Gazaleh dans une conversation ininterrompue, en racontant sa nouvelle vie à cette amie qu'elle ne reverrait jamais.

Devant sa tristesse, devant ce manque, cette incompréhension, son père avait tenté de la distraire, offrant un jeu, un livre, proposant une sortie, puis lâchant, impuissant, bon, ce n'est pas la fin du monde quand même, et regrettant aussitôt ses paroles et ne sachant comment se faire pardonner, parce que la peine de sa fille, c'était tout ce qu'il ne pouvait supporter. Et, pour Clara, c'était précisément la fin du monde, la fin d'un monde clos, joyeux et doux, et ce monde-là était brisé à jamais.

En arrivant chez elle, elle jette le linge sale dans le tambour du lave-linge, aère en grand, débarrasse la table basse des vieux journaux, une actualité déjà engloutie dans les remous du temps, les vieux magazines où de trop minces adolescentes parées comme des reliquaires font semblant d'éclater de rire ; elle sort son unique plante verte de la bassine posée dans l'évier. Il y a tous ces courriers à ouvrir, elle les parcourt, les mains nerveuses, le cœur en accéléré. Des convocations, des rendez-vous, rien de trop grave, elle respire. Elle se laisse tomber dans son canapé. Elle a faim, il n'y a rien sur les clayettes du frigo, elle a envie de frais, de fruits. Il faut sortir.

Elle se dirige vers le square, puis s'avance dans une petite rue presque déserte, la supérette se trouve là. Un couple avance vers elle, la quarantaine peut-être, lui en jean et blouson de cuir patiné, elle en manteau léger ouvert sur une robe, escarpins à talons hauts. Ils sont à deux mètres d'elle. La femme trébuche sur l'arête du trottoir et manque de tomber. Il la retient d'un bras énergique. Heureusement que tu étais là ! Il n'a pas lâché son bras. Mais je serai toujours là. Un silence. Enfin, si tu veux bien. Il la regarde avec intensité, puis il l'embrasse dans le cou, léger, comme pour atténuer la gravité de ce qu'il vient de dire. Elle lui sourit.

Déjà, ils sont derrière elle. La scène n'a duré que quelques secondes. Clara se dit qu'elle n'a vraiment pas besoin de ce genre de scène aujourd'hui. Ou plutôt si, tout compte fait. C'est ça qu'elle voudrait, ça et rien d'autre, quelqu'un qui lui dirait ces mots-là, quelqu'un qui la regarderait comme cet homme a regardé sa compagne. Ça aurait pu être Thomas, ça ne le sera pas. Elle accélère le pas pour rentrer.

Au réveil, elle se rend compte qu'elle a oublié de fermer les volets. Face à elle, des taches de lumière diffractées aux couleurs d'arc-en-ciel courent sur le mur.

Elle se dit que, parfois, la joie ressemble à un peu de lumière qui danse. Elle éclaire sa chambre en une éphémère apparition. Insaisissable et réelle. Présente et fugitive. Comme une silhouette qui s'évanouit au coin de la rue.

Les bruits de la vie de l'immeuble montent jusqu'à elle par la fenêtre ouverte. Scratch scratch, le balai du concierge sur les pavés de la cour ; les cahots d'une valise à roulettes que la locataire du sixième traîne à toute heure du jour et de la nuit. Elle est hôtesse de l'air, une fois elles se sont croisées dans l'ascenseur, tard, très tard le soir. Toutes deux livides dans le reflet de la glace fixée à l'une des parois, deux spectres exténués. L'une descendait d'un vol long-courrier, l'autre arrivait du bureau. L'hôtesse lui avait avoué qu'elle était parfois lasse de vivre à l'envers du monde, surtout depuis qu'elle avait rencontré *quelqu'un* et qu'elle voulait un bébé. Clara songe à cette confidence d'une presque inconnue, entre deux étages. Prise de court, elle n'avait pas su quoi répondre, juste murmuré qu'elle lui souhaitait le meilleur, une de ces phrases que l'on dégaine quand on manque de mots. Elle repense à elle, se demande où elle en est, puisqu'elle roule toujours sa valise, elle a dû y ranger ses envies d'enfant.

Il y a aussi ce vieux couple sans enfants qui ne se quitte pas d'une semelle. Même dans l'ascenseur, malgré leur salut chaleureux, Clara se sent de trop en leur présence. Elle ne peut s'empêcher de penser à ce qui se passera lorsque l'un d'eux disparaîtra. Elle ne peut s'empêcher non plus de penser à ces faits divers qu'elle lit parfois dans les journaux, ces couples qui décident d'en finir ensemble, face à l'âge, à la maladie, devant le non-sens d'une survie solitaire, et que l'on retrouve enlacés et froids. Une fois, avait-elle lu, et le détail l'avait frappée, des conjoints avaient mis un mot sur la porte de leur chambre pour épargner la découverte à leur femme de ménage.

Un autre roulement parvient jusqu'à elle, celui des poubelles que l'on rentre. Et le bavardage de deux petites vieilles qui vivent ici depuis vingt ou trente ans, qui discutent à leur retour des courses. Elles aussi ont leurs roulettes, puisque tout semble rouler ici, des cabas en toile cirée où elles entassent leurs emplettes et qui paraissent aussi gros qu'elles.

Elle écoute toute cette vie, quotidienne, rassurante, un modeste écosystème, un biotope, juxtaposé à des milliers d'autres. Une organisation rodée, sans surprise, un puzzle dans lequel elle ne sait plus où est sa place. Elle referme la fenêtre.

Sur son bureau elle a retrouvé la liste avec les noms, celle donnée par le docteur Cardoso, en même temps que les certificats et les ordonnances. Une autre tentative, elle veut bien. Elle se dit que ce sera la dernière, elle ne va pas tester chacun d'entre eux, comme on essaie un jean, ou comme on tâte des abricots dans une cagette. Si ça ne marche pas, tant pis, c'est qu'elle n'est pas prête.

L'homme qui l'accueille la fait entrer dans une pièce claire, avec deux fauteuils posés sur un tapis rouge sombre, un peu élimé par endroits. Une table dans un angle, un cahier à spirales et un stylo posés dessus, et, au fond, un bureau, une large planche sur deux tréteaux blancs, ordinateur portable ouvert. L'homme est trop âgé, se dit-elle, pour être son frère, son amant, son compagnon, trop jeune pour être son père, elle ne sait pas dans quelle catégorie le ranger, et elle se dit que c'est bien ainsi. Il entre dans une zone neutre, là où elle pourra naviguer en eaux calmes. Au mur, en face d'elle, une série de petites photos en noir et blanc encadrées, des dunes dans le désert, avec la ligne de crête qui sépare le versant au soleil de celui à l'ombre.

Elle se surprend à parler. C'est en désordre et elle s'en veut de ne pas bien expliquer les choses, de ne pas pouvoir redire tout ce qu'elle avait répété dans l'ascenseur. L'homme lui répond que ça n'a pas d'importance, au contraire, c'est mieux ainsi, de se laisser guider par sa parole, comme une boussole qui se réajuste à chaque phrase. Lorsqu'il parle de boussole, elle revoit l'homme de la brasserie d'autoroute, avec sa *Piste des soleils*, elle revoit ses mains, sa rose des vents tatouée sur son avant-bras, et elle s'efforce d'écarter cette image. Il lui dit qu'il est là pour l'aider à comprendre le piège où elle s'est laissé enfermer, et que ça prendra le temps qu'il faudra. Il dit le temps qu'il fera, il se corrige, et ça fait rire Clara.

En la raccompagnant, il lui suggère d'acheter un carnet, ou un cahier, et de noter, quand elle veut, quand elle y pense, ce qui la rend heureuse dans la vie. Dans la rue, elle revoit le tapis sombre et ses motifs contournés, elle se dit qu'il est peut-être temps d'entrer dans le labyrinthe, ou peut-être d'en sortir, en fait. Un mot la traverse, à l'instant, au moment où elle sort ses clés pour entrer chez elle. Dérobade.

Elle se revoit, enfant, escaladant, joyeuse, les marches pour accéder au grand plongeoir, puis avançant à petits pas précis sur la planche rugueuse. Et le regard qui tombe dans le vide, le vertige, l'envie de vomir, de ne jamais avoir été là. En bas, le brouhaha des nageurs qui lui font des signes et lui crient des encouragements dans les rires. Elle a les orteils glacés, recroquevillés à l'extrémité de la planche, le maillot qui dégouline, la chair de poule qui glace tout son corps, et derrière elle, on attend, on se presse. Elle saute. N'importe comment mais elle saute. Lorsqu'elle émerge à la surface, étourdie, à moitié assommée, cette joie qui la dévore entière. Elle ne s'est pas dérobée. Elle l'a fait. Elle se dit que dans ce fauteuil-là, sur ce tapis-là, dans le regard de cet homme-là, ça ne pourra pas être plus terrifiant.

Elle repense à lui. Elle revoit sa chemise à carreaux mal boutonnée, dimanche avec lundi, comme dirait sa mère. Il doit être distrait. Elle se dit qu'elle n'a jamais rencontré d'homme distrait. Ça l'amuse. Elle se dit qu'elle reviendra.

Elle songe à ce qu'elle voudrait dire à cet homme qui ne sait pas boutonner ses chemises. La déroute. L'effondrement. La nuit. Son lieu à elle qui n'existe plus, ni en elle, ni nulle part. Des tessons éparpillés sur sa route, sur lesquels elle se blesse. Plus de désir, plus de joie, plus d'appétit, pour rien.

Elle voudrait retrouver le grand vent qui fouette et rend vivant. Elle voudrait rejoindre cette part d'elle-même, cette part manquante, parfois entrevue, il y a longtemps. Vaincre cette attraction terrestre qui la cloue au sol. Elle voudrait s'alléger de tout ce qui pèse, qui peine, qui fait courber l'âme. Comme dans un déménagement, on jette, on laisse, on donne. Retrouver l'espace vierge pour accueillir ce qui compte. Chasser les ombres et les fantômes à grands coups de pied. Rire du bruit de leurs chaînes.

Elle voudrait lui dire son envie de retrouver le sens des rivières, dans une longue et lente traversée du monde, de se laisser glisser dans le courant, cette sensation d'aller dans le mouvement, vers le fleuve, vers la mer, là où tout commence, où tout finit. Épouser la ronde immémoriale des planètes et des étoiles et ne plus se battre jusqu'à l'épuisement, en sens contraire du courant, comme ces saumons qu'elle a vus une fois, dans une cascade au Canada, tenter un saut impossible et retomber sur les rochers le ventre en l'air, lisse et brillant dans le soleil, dans une longue agonie agitée de soubresauts.

En passant devant la librairie au bout de sa rue, Clara repense à cette histoire de carnet, elle avait oublié. Elle entre et se retrouve devant une profusion de cahiers, de carnets, de blocs. Des plus utilitaires aux plus raffinés, aux plus précieux, aux plus originaux. Des carnets-bijoux, des carnets-bonbons.

Elle hésite entre les coquillages, les toucans, les papiers peints à motifs géométriques, les jungles à palmiers et panthères, les papillons, les dessins rétro, tour Eiffel et Sacré-Cœur, les poissons, les fausses reliures anciennes, les photos en noir et blanc de gratte-ciel new-yorkais, le papier recyclé fermé par un lien en cuir, les vignettes de manga, les paquebots, les fleurs exotiques. Elle tend la main vers une couverture mate, couleur pourpre, violine, avec des fleurs de cerisier stylisées, rose très clair, dessinées d'un trait léger. Les pages sont finement rayées de bleu, un chemin à suivre pour les mots, de longues veines pâles, des vaisseaux pour transporter le flot de son histoire.

Les gens, elle les reconnaît, maintenant, quand elle les voit, les comme elle, ceux qui cèlent un appel loin dans leurs yeux, un point qui raconte la lassitude, qui annonce qu'ils vont bientôt lâcher ; qui dit un tenir-bon qui tremble, prêt à céder. Elle le voit, comme si ce matin-là, depuis l'heure de la chute, quelque chose s'était ouvert en elle, un passage, une voie d'accès vers elle-même, et vers tous ceux qui n'en peuvent plus de serrer les dents. Elle pense à Cécile, à sa façon de tenir, frêle et droite, à son sourire fragile, obstiné, à tout ce qu'elle emmène sur ses épaules.

Elle allume son ordinateur, retrouve son fond d'écran, le Grand Canyon vu d'hélicoptère, elle aime à se perdre dans son dédale, dans les boucles du Colorado, dans l'ocre rouge de la terre. Elle ira, un jour. Elle cherche. Elle note. Elle télécharge. Elle imprime. Elle enregistre. Elle écrit. Elle téléphone. Elle remplit des dossiers. Elle demande des rendez-vous. Elle se déplace. On lui dit qu'elle ne gagnera jamais le même salaire qu'avant. Qu'elle doit bien réfléchir. Qu'elle n'aura peut-être pas tout le temps du travail.

Par moments elle a peur. Si la lumière entrevue n'était que vers luisants, feux de Bengale ? Elle ferme les yeux. Les rouvre. Non, elle est sûre. C'est ça qu'elle voulait faire, et aujourd'hui elle le veut toujours. Les semaines passent. Elle espère. Elle apprend l'attente, bride son impatience.

Elle reçoit un mail. Elle doit rappeler dès que possible. On lui propose un poste. Une Alliance française du bout du monde. La candidate pressentie s'est désistée, elle attend un bébé, elle ne veut plus partir. On a pensé à vous. Si ça vous intéresse, il faudra nous le dire très rapidement. Départ dans deux mois, vous verrez, ça va arriver vite, avec toutes les formalités administratives.

La peur de se tromper qui rôde encore. Charybde et Scylla. La proie et l'ombre. Elle panique. Appelle Cécile.

Sa voix pleine, rassurante, une onde chaude. Derrière elle, les garçons qui se bousculent, qui veulent lui parler. De toute façon, tu ne veux pas y retourner, au bureau. Alors, au pire, ce sera une expérience. Ça te donnera du temps pour réfléchir, rien n'est définitif, tu sais. Tu as fait du chemin, non ? Et peut-être qu'on ne te reproposera pas ça de sitôt. Qu'est-ce que tu as à perdre ?

Clara écoute en silence. Tu vas te réveiller, demain, après-demain, et tu sauras. Écoute-toi. Oui, merci, ici, ça va. On a de belles espérances pour les fruits, mais il ne faut pas se réjouir trop tôt, je préfère ne rien dire.

Un silence, encore. Viens nous voir avant de partir. Tu promets ?

Clara voudrait décider à pile ou face. La crainte et l'envie ; l'envie et la crainte. Le risque. Quel risque ? Elle est libre.

Ce risque-là, si minime soit-il, il faut le prendre ; cette chance-là, si incertaine soit-elle, il faut la saisir. Le moment est arrivé, il est là, devant elle, comme une offrande qu'il lui appartient de cueillir.

Elle pense à ce mot, la reverdie, un mot démodé qu'elle avait trouvé joli, lu dans un livre il y a longtemps. Quand tout revient, en force, en beauté, en joie, en énergie. Ce mouvement entêté de la lumière, de l'oxygène et de la sève, qui ramène vers la vie. Les beaux jours ont chassé le froid avec lenteur et obstination, dans une avancée incertaine mais sans retour.

Elle pense à ce conte, ce personnage qui cherche désespérément à recoudre son ombre qu'on lui a un jour arrachée. Elle est en train de recoudre la sienne. De devenir entière.

Le désir et la faim. Ça revient, doucement, à petits pas, mais c'est là.

Elle va dire oui.

Au bureau de poste, elle attend son tour, gorge sèche, un peu nerveuse. Tente de fixer son attention sur la série des machines à affranchir, les carnets de timbres en libre-service, le distributeur de billets, les boîtes d'emballage et les enveloppes de tous formats. Un monsieur âgé, flottant dans un manteau trop chaud pour la saison, s'énerve, il ne comprend pas comment ça fonctionne, ni ce qu'est le paiement sans contact, ni pourquoi on lui demande si c'est un envoi en France métropolitaine, ou à l'étranger, ou outre-mer. S'il veut un tarif rapide ou lettre verte, ou lettre suivie, ou acheter un carnet de timbres. Il veut seulement envoyer une lettre, un papier pour le notaire, c'est important, sa femme vient de décéder, il est perdu, c'est elle qui s'occupait de tout ça, la maison, les courses, les papiers, alors maintenant, forcément... Le guichetier soupire, appelle un collègue en renfort, tu peux voir avec le monsieur ? Clara, mains accrochées à son sac. C'est son tour. Je voudrais envoyer une lettre recommandée avec accusé de réception, s'il vous plaît. Elle va s'asseoir sur l'un des petits fauteuils bas et inconfortables de l'agence, remplit le formulaire, le redonne au guichet quelques minutes plus tard, règle le montant demandé, glisse dans son sac le feuillet qu'on lui remet.

Elle sort. Respire. Sa démission. C'est parti.

Elle gare sa voiture en veillant à ne pas mordre sur le trottoir de gazon, sa mère déteste ça. Au moment de descendre, elle se rend compte qu'elle n'a rien apporté, ni fleurs, ni gâteau, ni vin, ni chocolats, puis elle se dit que ce sont les étrangers qui apportent ce genre de choses, ou les amoureux, qui apportent des fleurs. Elle a seulement quelques cartons de livres et de CD dans son coffre, pour son père, elle n'a pas voulu les mettre au garde-meuble lorsqu'elle a résilié son bail.

Dans l'entrée, elle pose son sac, son écharpe légère, elle voit les photos des enfants de Christophe et Élise un peu partout dans des cadres ou des pêle-mêle qui envahissent toute la surface des murs de l'entrée, et un camion à roulettes, un tricycle, des rollers et des casques, des cirés à capuche accrochés au portemanteau. Comme si les enfants étaient là en permanence, prêts à surgir du fond du jardin en courant pour l'embrasser. Claraaaaaaaaaa ! Elle se dit qu'ils lui manquent un peu, ces deux-là.

Sa mère apparaît, enjouée, bavarde, bises claquantes ; de la cuisine arrivent les effluves d'une viande mijotée aux épices orientales. Et puis son père, dont la silhouette se précise lentement au bout du couloir, il s'avance, comme au ralenti, et serre Clara dans ses bras. C'est bien que tu sois là. Son élocution est lente aussi, comme sa démarche, mais distincte, Clara s'y est habituée, depuis le temps.

Elle lui propose de déposer maintenant ses cartons dans son bureau, la pièce où il passe ses journées depuis tant d'années, avec son ordinateur, ses livres, sa musique. Dans quelques mètres carrés, il explore le monde. Tiens, papa, il y a peut-être des choses qui t'intéresseront là-dedans, tu regarderas.

Elle va rejoindre sa mère à la cuisine, s'arrête sur le seuil. Muette. La cuisine semble avoir doublé de volume. Neuve, ultra-contemporaine, noire et blanche. Des ampoules décoratives de formes et hauteurs variées descendent du plafond. Au centre, une table en bois brut peut accueillir huit personnes. Tu aimes ? On a fait ça il y a six mois, mais c'est vrai qu'il y a un moment que tu n'es pas venue. Élise m'a aidée à tout choisir. Elle a du goût, tu ne trouves pas ? Clara hoche la tête, regarde sa mère l'introduire dans les arcanes de son nouveau royaume, évoquer les hésitations passées, les dilemmes, les débats, les frayeurs.

C'est une geste, une épopée. Clara hoche la tête, oui, c'est parfait, plus lumineux. Elle n'ose pas dire que la seule idée qui lui vient, là, tout de suite, c'est de se demander où elle va s'asseoir. Avant, c'était simple, chacun ses habitudes. Mais maintenant ? Et puis elle se dit que c'est idiot, elle vient leur dire au revoir, ça n'a pas d'importance, mais quand même, elle aimerait bien savoir où est sa place attitrée dans cette pièce. Où s'asseoir, si elle se prépare un thé ou un café. Dos au mur, ou fenêtre, en contre-jour, ou près de la porte, prête à filer. Ce n'est pas la même chose.

Sa mère poursuit, intarissable. Élise a été adorable, elle est venue rien que pour ça. Ils nous confient les petits pour toutes les vacances scolaires, tout le monde est ravi. On les voit vraiment grandir. Clara ne dit rien. Elle sait les relations apaisées, lissées, entre eux. Les tensions dénouées. On a appris à s'apprécier, tu sais. C'est une fille solide, attentive aux autres. Elle est directe, franche, mais au moins on sait à quoi s'en tenir. Clara continue à hocher la tête, sans rien dire. Elle préfère se taire. Tu sais, ma chérie, on s'apprivoise avec le temps, sinon ce n'est pas vivable. Clara tente quelques mots indistincts, une forme d'approbation, de ponctuation. S'apprivoiser. La vie serait-elle autre chose qu'éviter les frottements trop rugueux avec autrui ? Et pourtant, parfois, le silex, l'étincelle, le feu… Tu devrais être plus indulgente avec elle, tu sais. Clara tente de chasser un souvenir comme une mouche importune. Oui, sûrement, oui. Elle se dit que c'est elle-même qu'elle tente d'apprivoiser, sa vie, ses envies, et ce n'est pas si simple.

Elle déteste les adieux, les au revoir, l'histoire éternelle de ceux qui partent et de ceux qui restent. Et elle est venue pour ça. Il va bien falloir faire face.

Dans la cuisine, elle avise toute une série de photos encadrées. Filins d'acier, cadres en bois clair, accrochage très professionnel. Des fruits, des légumes, des herbes aromatiques, en très gros plan, sur fond noir. Des détails agrandis qui semblent créer un autre monde, ouvrir sur d'autres horizons. Elle les trouve envoûtantes, ces photos. Une main sur son épaule, celle de son père. Il se débrouille pas mal, Christophe, non ? Elle se retourne. L'éclair de fierté dans le visage fatigué. La voix lente, toujours, mais le ton est ferme, avec cette nuance d'admiration qui n'ose pas s'avouer. Eux deux aussi ont fini par s'apprivoiser, se dit-elle en pensant aux Noël tendus de nombreuses années passées. Il tient un carton à la main. Tu as vu ? Il va bientôt recevoir un prix à Paris pour ses photos, on va y aller avec ta mère. Clara approuve. Contente pour lui, je lui passerai un petit mot pour le féliciter. La voix de sa mère, de dos, affairée devant sa table de cuisson digne d'un magazine. J'ai peur que ça fatigue ton père, cette affaire, mais ça lui fait tellement plaisir d'y aller, et à moi aussi d'ailleurs.

Vous avez raison, ne manquez pas ça, il sera heureux de vous avoir près de lui, c'est important.

Et toi, ma fille ? Alors, tu nous quittes ? Clara croit déceler un léger tremblement dans la voix de son père. Tu as raison. Fais ce qui est bien pour toi.

En elle, quelque chose cède. C'est pour ces mots-là qu'elle est venue, même si elle n'est plus une enfant, depuis longtemps. Mais cesse-t-on vraiment d'être un enfant, tant qu'ils sont encore là, tous les deux ? Tu nous enverras des photos, des vidéos, promis ? Déjà sa gorge se serre, son départ est acté, enregistré. Elle voit sa mère plisser le front, une série de vaguelettes s'y dessine, la contrariété affleure. Si c'est ton choix, tu es grande de toute façon… Elle la regarde, s'interrompt dans la répartition des assiettes et des couverts sur la table. Mais enfin, Clara, quand cesseras-tu d'en demander toujours plus à la vie ? Un silence. La main de son père toujours sur son épaule. Je ne demande rien, maman, j'essaie simplement d'arrêter de me brutaliser, je fais ce que je peux. Elle voudrait ajouter que la vie court vite, qu'elle court sur les corps et les visages, qu'elle laboure les cœurs et les âmes, que le temps nous met des gifles jour après jour et que les larmes et les souvenirs creusent d'invisibles rivières, qu'il faut courir vers son désir sans regret et sourire à ce qui nous porte et nous réjouit. Elle n'arrive pas à dire tout ça, elle se contente de poser sa main sur le bras de sa mère. Je vais bien, maman. Les vaguelettes vont et viennent d'une tempe à l'autre. Les lèvres commencent à articuler quelque chose, puis renoncent. Allez, à table, vous deux.

Tout a une fin. Clara ne veut pas trop s'attarder, elle craint qu'une digue ne rompe. Les mots prudents succèdent aux mots prudents, on convoque des sujets anodins, des souvenirs que chacun revit à sa façon. Elle n'a pas très faim, fait un effort.

Ils la raccompagnent à sa voiture. Appelle-nous quand tu es arrivée. Elle les serre dans ses bras, l'un après l'autre. Sa mère, son parfum habituel, sa peau restée douce, fine comme une soie froissée, ses gestes un peu brusques. Elles s'étreignent fort, avec maladresse, leurs corps se heurtent. J'y vais, maman. Elle se tourne vers son père. Elle le sent amaigri sous ses vêtements. Il fait un pas en arrière. Allez, ma fille, ta vie t'attend, file !

La portière claque. Contact. Marche arrière. Signes de la main, vitre baissée. Ils sont tout petits, maintenant, l'un à côté de l'autre, dos au portail. Dos au temps, dos à la vie, avec ce qu'il leur faut porter sur leurs épaules, avec ce qu'ils ne comprennent pas et qu'il leur faut accepter, avec tout leur amour maladroit pour leur fille qui les aime et qui s'enfuit. Au premier virage, ils disparaissent du rétroviseur.

C'est un soir d'été à la campagne, à l'heure où les ombres s'étirent. Bientôt le temps des moissons. L'orge, puis les blés. Pour l'heure, on n'entend que les mouches et les oiseaux. Une bâche qui claque sous un hangar. Au loin, des aboiements. La chaleur est là, posée comme une masse. La fureur du monde s'est fait oublier, on croirait qu'elle n'a jamais été, qu'un monde immémorial est là, immuable, en paix avec lui-même. L'air transporte un parfum de chèvrefeuille.

Cécile et Clara regardent jouer les enfants autour de la table dressée à l'ombre du figuier déjà lourd de fruits, ils ont chaud mais ils galopent quand même, puis ils viennent chercher un verre d'eau, s'aspergent en criant. Bertrand ressert du vin. Alors, il est quand, ton avion, déjà ?

C'est un monde ancien, éternel, qui s'étend devant eux, celui des repas qui célèbrent la joie après la peine, c'est le monde de *La Chanson des blés d'or*. C'est celui des générations qui ont travaillé cette terre et qui l'ont aimée. Ici, dans le doré du soir qui s'avance, Clara se sent chez elle, elle s'y abandonne, dans une respiration profonde, lente. Sa peau dans l'air du soir. Elle regarde autour d'elle ce monde porté disparu. Et, soudain, il est là. Le chant du monde.

Cécile descend la longue allée qui mène à la route, elle avance dans l'ombre dense, fraîche, que projettent les tilleuls sur le sol. Des pas légers, des pas pressés. Elle ouvre la boîte à lettres, tend le bras. Une enveloppe kraft, à son nom, postée de Roissy. Elle déchire le rabat, vite vite. C'est un carnet. Sur la couverture, des fleurs de cerisier, rose pâle, sur un fond pourpre. Sur la première page, elle reconnaît l'écriture de Clara. Une date, celle de son départ. En dessous, à l'encre bleue, trace d'oiseau sur le sable, un seul mot. Vivre.

octobre 2018 – septembre 2020

On dit que la vie est comme la danse des rivières,
parce que rien dans l'univers ne va à contresens.
On ne peut jamais aller contre la pente.
On est piégé, forcé d'aller de l'avant.
Jim HARRISON, *Entretien* (2015)

13543

Composition
NORD COMPO

Achevé d'imprimer à Barcelone
par CPI Black Print
le 17 juillet 2022

Dépôt légal juillet 2022
EAN 9782290362372
OTP L21EPLN003159-397897

Éditions J'ai lu
82, rue Saint-Lazare, 75009 Paris

Diffusion France et étranger : Flammarion